光文社文庫

母親ウエスタン

原田ひ香

光　文　社

目次

母親ウエスタン

1　彼はすぐに忘れた

ままああ、かわいい女だと思った。

色白で、笑うと右頬《みぎほお》にえくぼができる。塗っているふうでもないのにぽってりと赤い唇。美人ではないが、愛嬌《あいきょう》のある顔だった。小柄だけれども胸のあたりと尻はしっかり出ているのが白衣の上からでもわかる。やもめとはいえ健介《けんすけ》も男だから、そういうところにはちゃんと目がいってしまうのである。テーブルに呼ばれれば「はい」と小さい声だけれどきちんと返事をして走っていく。その「はい」が気持ち良かった。計算は苦手らしくて、しょっちゅうお釣りを間違えてからかわれている。他のトラック運転手仲間が「広美《ひろみ》ちゃん」と呼んでいるので名前を知った。客に話しかけられれば笑顔でうなずいているが、話しかけることはしない。一度、皿を落として割った時、深く深くお辞儀をして「申し訳ございません。おそれいりましてございます」と妙な言葉遣いで謝ったので、店中が爆笑の渦《うず》となった。定食屋の店員にしておくのはもったいない、などと客が小声で噂《うわさ》しているのを耳にはさんで、それほどの玉じゃないと胸の中で反発したが、その一方であいう女は幸せになるのは難しいだろうと考えている自分がいた。

とはいえ、それ以上のことにはなかなかならなかった。望月《もちづき》健介にはその頃、定食屋の店員なんかのことよりもずっと大切で頭を占める問題がたくさんあったのである。前年に妻の多恵子《たえこ》が、生まれて初めて受けた役所の定期検診で膵臓《すいぞう》に癌《がん》が見つかった。半年後にあっけなく死んで、小学四年を筆頭に三人の子供が残された。一番下の息子はまだ四つ。近所に住む多恵子の母親が面倒を見てくれてはいるが、六十を過ぎて足と腰が悪く、さすがに三人の子供では行き届かないこともある。悲しみに浸《ひた》る間もなく、健介は日々の生活に心をすり減らしていた。

初めて話したのは彼女が店に姿を現してから、半年ほど経《た》ってからのことになる。

夜勤明けの朝、健介は広美が働く食堂「いろは」に寄った。九時を過ぎていたので、どうせ家に帰っても子供たちは義母が作った朝食を食べて学校や保育園に行ったあとだった。「いろは」で飯を食って、ビールの中瓶の一本も飲んで、ぐっすり眠ろうと思った。飲酒運転は承知の上で、飲まなければ眠れないほど、体は疲れ切っているのに徹夜で高速を走ってきた頭は冴《さ》えている。

「ビール、それから日替わり」

「日替わりはハンバーグ定食ですけど」音もなく脇によってきた広美は低くも高くもない声で言う。

「なんでもいいさ」

奥に行く広美の後ろ姿を見て、魚の方がよかったなと思ったが、呼び止めるのも億劫《おっくう》だった。奥の調理場にいる店主夫婦以外は、健介と広美しかいない。冬の朝の日差しが柔らかく入ってきていた。冷え切った体を石油ストーブの赤々と燃える火が温めてくれる。うとうとしかけたところに、ハンバーグとビールが届いた。

「ハンバーグ定食です」

一杯目のビールは広美が注《つ》ぎ、それを見て、水商売の経験はない女だな、とふと思った。健介の給仕《きゅうじ》を終えると、彼女はレジ横の丸椅子に腰かけてぼんやり外を見ていた。何か見えるのかと、健介も顔をそちらに動かしたが、窓の外には見慣れた街道と富士山以外に何もない。彼は諦《あきら》めて、ハンバーグを乱暴に箸《はし》で八つに割り、どんぶり飯と一緒に口に頬張った。

自然、大きなため息が出た。

「え？」

あまりに大きかったのだろう。レジの脇に座っている広美が驚いた顔で振り返った。

「どうしました？」

ハンバーグに何かあったのだろうか、と心配しているようだった。丸い目がさらに見開かれて、健介をじっと見ている。

「いや」

言わずにすませたかったが、彼女の大きな瞳《ひとみ》に引き込まれた。

「子供たちに、食べさせてやりたくてね」

言ってしまったら、やもめ男が同情で若い女の気を引こうとしているように聞こえるかと、急に恥ずかしくなった。

「え?」

広美はもう一度同じことを言って、小首をかしげる。

「こんなの」乱暴にハンバーグを箸で指した。「食べさせてやりたいって言ってんだよ」

ハンバーグ自体はどうということのないしろものだった。焼き過ぎたのか少し硬い。ただ、かかっているソースが多恵子と同じ味だった。

「ああ、お子さんに」広美は微笑《ほほえ》んだ。「作り方、奥に聞いてきましょうか。奥さんに頼んだら……」

「あれはもう、いないから」

今度は「え」なしで、広美は小首をかしげる。バカか、この女、と乱暴に心の中で言う。けれど、口は反対に動いていた。

「去年、癌で死んだ」

「あ、ごめんなさい」広美はうつむいた。

気まずい沈黙の中、残りを慌《あわ》ててかき込み、ビールを飲んだ。

勘定を払う時、広美はもう一度「すみません」と健介の目を見ずに謝った。

「あんたのせいじゃない」健介も彼女の顔を見ずに言った。「ばあちゃんが子供たちの面倒を見てくれてるけど、ハンバーグみたいなもんはできないさ。こないだ、娘がハンバーグ食べたいってぐずりだしてケンカになって」鼻から流れ出るものをぬぐった。「俺、うるさいって怒鳴って」

スーパーで買ってきたレトルトのハンバーグを、桃子《ももこ》が床にほうったから、つい怒鳴ってしまった。

広美はティッシュの箱を差し出した。

「持ち帰りできるか聞いてみましょうか」

「ああ。いや、いい。また、今度頼むわ。連れてきてもいいし」

「はい」

広美は店のマッチを手渡した。

「ハンバーグは毎日あるわけじゃないから、お子さんを連れてくる時は電話してください」

「わかった」

ありがとうの替わりに尋《たず》ねた。

「あんた、いくつ？」

「二十五、ですけど」

そうか、とつぶやいて、店を出た。五つ下か、ここらあたりの人間の言葉じゃない、どこだら、と思った。

店を出る時、いつものように「おそれいりましてございます」という声が聞こえた。

最後まで二人の目は合わなかった。


「いろは」から車で十分ほどのところに、健介と子供たちの家はある。結婚してからずっとアパートに住んでいたのを、下の子が生まれたのと同時に、この平屋の一軒家に越してきた。多恵子の親戚の老婆の家だが、彼女が施設に入ったのち、空家にしていても家が傷《いた》むから、と頼まれた。築三十年以上の木造である。とはいえ、家賃はほとんどただのような値段ではあるし、庭もあるし、日当たりも悪くない。引越してきたばかりの時、子供たちは広い居間にはしゃぎまわり、ここもじきせまくなるな、と健介はひとりごちた。しかし、その家は今、隙間風《すきまかぜ》がひどく、がらんと寒々しいボロ家になり下がっている。居間のこたつの上には朝食の食べかけや食器がそのままになっていて、まわりには子供たちのおもちゃやら教科書ノートやらがあふれていた。健介は食器を積み重ねて流しに置いた。洗おうと水を出して、その冷たさにぞっとする。とにかく、ひと眠りしてからにしようと思った。

　バブル景気の真っただ中で、健介も仕事だけは断わりきれないほどあり、金には困らない。しかし、時間と気持ちの余裕がない。健介のいるような弱小営業所では結局、若くて体力があり仕事にもそつのない彼のような人間のところに無理がいく。昔から散々世話になった社長に「健ちゃん、最後の一回だけ、これが最後。頼まれてくれ」と拝まれると「最後の一回」が社長の口癖だと知っていても断れない。先日も急に九州まで富士山の氷を運んでほしいというふざけた仕事があり、それだけで規定の賃金以外にぽんと三十万の祝儀が出た。九州の土建屋の娘の結婚式だという話をのちに小耳にはさんだが、別に驚きもしなかった。何があってもまあそういう時世だから、でなんとなく納得してしまう、狂った時代だった。その時は義母に電話で頼みこんで夜中家に来てもらい、戻ってから三万円を小遣いとして渡した。彼女は臨時収入に喜びながらも複雑な表情で「わたしらはいいさ。けど、健介さん、親は子供と一緒にいてやらんといけん時はあるら。金じゃないさ」と言った。実際、長男の良介《りょうすけ》にはプラモデルを、長女の桃子と末っ子の直介《なおすけ》には大きなホールのケーキを買ってやったが、子供たちは無表情でそれを受け取り、あまり喜ばなかった。特に桃子は、ケーキを食べながらいつまでも健介の顔を見ていた。

　冷たい布団を敷いて横になった。布団を干さなきゃならないな、と思ったが、いつすればいいのかわからない。子供たちの布団も皆こんなものなのだろうか。だとすれば、すぐにでもなんとかしなければならない。腰の悪い義母には頼みづらかった。乾燥機というのを買うか。このあたりじゃどこに売っているのだろう。今度の休みに、ホームセンターに行ってみるか。ああ、そう言えば、最近富士山の麓《ふもと》に「回転寿司」というのができたと聞いた。良介がクラスの全員が行っているとか言っていたっけ。全員が行く、というのは嘘だろうが、肩身のせまい思いはさせたくない。ホームセンターのついでに行ってみるか……桃子は喜ばないだろうな。あれは生ものが嫌いだから、寿司屋に行っても食べられるものがほとんどない。やっぱり、「いろは」の方がいいか。

桃子の表情から、時々、彼女が大きな不安を抱えているのではないかと気になることがある。家にいられないことや身の回りのことに行きとどかないことだけではなくて、女親がいないことからくる将来への漠然とした不安を、この子が感じていたらと思うと、可哀《かわい》想《そう》でたまらなくなるのだった。

ああ、もう寝なくちゃいけない、今夜も夕方から走らないといけないのだから。

長距離の後はいつもそうだ。体は疲れ切っているのに、頭が冴えて眠れない。さっき飲んだビールもすっかり醒《さ》めてしまったようだ。温めようと手を股《また》に挟むと、多恵子を思い出して泣きたくなった。それでも眠らなくてはいけない、今は。

恋人のあとをつけることになるなんて、思いもしなかった。

そんな情けないことをするなんて。

それでも、森崎《もりさき》あおいはやめられない。

祐理《ゆうり》は誰かにつけられているなんて、思ってもみないみたいだった。渋谷から私鉄に乗って、いつものデイパックを肩にかけ、片手で本を読んでいる。あおいは隣の車両からじっと見ていた。紺に黄色の筋の入ったデザインの、見慣れたデイパック。擦《す》り切れ形崩れした様子も、祐理の肩の上にのって少し傾いている様子もいとおしい。脇が破れているのをガムテープで修繕し、ポケットには水筒が無造作に突っ込んである。高校時代に頼んで頼んでお父さんに買ってもらった、その時の嬉《うれ》しさを今でも覚えている、と出会った頃話していた。去年の誕生日に「新しいのプレゼントしてあげようか」と言ったら、もう体の一部のようになじんでいるし、水筒のポケットなどがちょうどいい位置にあるので手放せないのだ、と笑った。いつもの泣いているみたいな顔で。祐理についてはあのデイパックのことだけで、あおいは何時間でも語れる気がする。

電車の中は、会社帰りのサラリーマンなどで結構混んでいる。祐理の前が空いて、デイパックを膝《ひざ》の上に乗せて座る。本を読み続けていた。いったい何を読んでいるのだろう。前にいつも読んでいた太宰治《だざいおさむ》か。最近、会っていないからわからない。もしかしたら、他の女の影響で別の本を読んでいるのかもしれない。

次の駅で、お婆さんが乗ってきた。祐理の前に立つと、彼は躊躇《ちゅうちょ》せずに席を立って譲った。今日は何時間も肉体労働をして疲れているはずなのに。お婆さんは嬉しそうに、何度も何度もちょこちょこお辞儀をする。彼は笑顔で顔の前で手を振っている。「いいえ、いいんですよ」とでも言っているのだろう。お婆さんが身を乗り出すようにして彼に話しかけている。祐理は彼女に顔を近づけて話を聞き、笑顔で答えていた。そういう人だ、彼は。見知らぬ人にも、優しく接する。

あたしはあなたが好きなのだ。どうしようもなく好きなのだ。

満員の電車の中で、あおいは彼の後ろ姿に叫びたいような気持ちになって涙ぐんだ。

「更紗町《さらさちょう》」。渋谷から三十分以上乗ったところで、彼は降りた。あおいも慌てて続いた。一度も来たことのない街だった。彼ともなんの関係もない駅で、友達の家などもないはずだ。しかし、彼はためらいも迷いもなく進んでいく。距離を取りながら、改札口を出る。Ｓｕｉｃａ《スイカ》のカードが役に立った。

駅前に続く商店街を彼はずんずんと歩いて行く。自分がつけられているとは考えてもいないのか、後ろを振り返ったりしない。にぎやかな街並みがさびしくなってきた。太い幹線道路を一本越えると、急に道幅が狭くなり、ほとんど人通りがなくなる。ふいに振り返られたりしたら、見つかってしまうだろうとドキドキしながら、彼の後ろ姿を見つめる。けど、ここまで来ると、どうなってもいいような気もする。見つかったら見つかったままでのこと。その時、話し合えばいい。そう思ったら気持ちが落ち着いてきて、見つけてほしいような気さえしてきた。逆に自信に満ちた足取りで、なんのためらいもなく進んでいく祐理が癪《しゃく》にさわってくる。

さらに細い路地に入ったところで祐理は歩みを止め、一軒の店に入って行った。スナック「ルージュ」。黒い看板にピンクの躍るような文字で書いてある。ジの濁点《だくてん》がハートになっていた。窓のない店の中はうかがうすべもない。彼が入って行った場所が女のアパートなどでなく、店舗であったことに、あおいはちょっとほっとした。けれど、考えてみればそんな店に彼が入って行くいわれはない。もしかして、彼の新しいアルバイト先かもしれない。それならまだ少し安心できる。こういう店に入ったことはないが、酒を出すなら、いわゆるホステスというような女の人の他にバーテンダーのような職種も必要そうだ。けれど、祐理が入っていく様子が店の従業員としてという雰囲気だったかは、よくわからなかった。従業員なら裏口から入っていきそうなものだけど、この店には裏口なんてないのか。

店の前はせまくて、どこかで見張っているような場所もない。体温も下がってきた。あおいは自分の体を抱くようにした。気温以上に、こんな場所で恋人を張っていることが、寒さをさらに増している。あおいは今夜の尾行をあきらめた。しょうがない。駅に戻る道々がもの悲しく、不安な気持ちが身に沁《し》みる。

恋人の祐理の様子がおかしいと気がついたのは、四か月ほど前のことだ。あおいと祐理は、同じ大学の二年生と三年生で、経済学部に所属している。同じ英語劇部に入っていて、そこで知り合った。

祐理は勉強熱心だが、英語、特に発音に自信がなく、英語劇部に入ったと言っていた。しかし、幼い頃父親の赴任に伴《ともな》ってシンガポールで暮らしたあおいよりも成績はずっとよかった。

夏休み前の七月初め、経済学部の掲示板にレポート未提出者として「加藤《かとう》祐理」の名前が貼り出されているのを見つけた。彼は成績優秀な上に真面目《まじめ》で、こんなことは一度もなかった。他の三年生は就職活動があるので欠席がちではあるが、祐理は教員志望なので関係ない。驚いてすぐに携帯から電話をしたが、バイト中なのかつながらない。メールで「ちょっと！　社会学IIのレポート出してないの!?　名前が掲示板に貼ってあるよ！」と連絡した。

やきもきしていたあおいにメールの返事がきたのは、夜の十二時をまわった頃だった。

うつらうつらしているところに着信音が鳴った。最初のちりんという音ではっと飛び起き携帯を開いた。

——おかしいな。出してあるんだけどな。

それだけだった。短い文章にもの足りなさを感じながらも、少し安心した。

しかし、それから一週間ほど経って、掲示板にまた同じ社会学Ⅱのレポート未提出者として名前が挙がっているのを見て、あおいは驚愕《きょうがく》した。

「どうしたの？　また、名前が出ているよ。先生に確認したの？」

今度のメールは返事もなかった。

何度か電話して、やっと次の日の深夜に電話がある。

「ね、大丈夫？　レポート出してないの？　出してるの？　どっちなの」せき込むように尋ねると、しばらく返事がない。

「どうしたの？」

「うーん。出したような気がしてたんだけど、出してないかもしれない……」

「ちょっと！　どうしちゃったの、祐理君」人前では祐理先輩と呼ぶのを崩してないが、二人きりのときには祐理君と呼ぶのが何度呼んでも嬉しくてたまらない。けれどその時はそんなことにかまっていられなかった。

「今までそんなこと、一度もなかったじゃん。どうしたの？　なんかあったの？」

「このところバイトが忙しくてちょっと疲れててさぁ」

「大丈夫？」

「うん。ごめん。ちょっと眠いんだ。また、電話する」

レポートはどうするの？　尋ねる前に電話は切れた。

その時、あおいはふと思い出した。このひと月ほど、祐理の方からの電話もメールもほとんどなかったことに。


祐理は苦学生だ。

今時、苦学生、というのも、古い言い方かもしれないが、奨学金をもらいながら、わずかな実家の仕送りとアルバイトでがんばっている彼を、そう言わずしてどう表すのか。

大学に行きたいと頼んだ時に、支援できるのは大学の学費だけだと、漁師の父親にはっきりと言い渡されたそうだ。だから、夢は学校の先生。もともと真面目で人に教えるのも好きだし、教員になれば奨学金を返済する必要もないらしい。

そんな生活でも、いや、だからこそ、なのか、祐理は大学の授業に真面目に通った。今まで病欠以外で休んだこともなかったし、ノートもきちんと取ってテスト勉強も完璧だ。成績もほぼオール優で、付き合った当初、あおいが楽勝授業ばっかり取っていることを厳しく注意したのも彼だった。

実家は山陰の海辺の町で漁師をしている。一度、あおいの家で晩ご飯をご馳走《ちそう》した時、そのお礼にお父さんが干物をいっぱい送ってくれたことがある。あおいの母親が返礼の電話をすると、翌日の漁のために早寝をしていたお父さんが眠そうに電話口に出てきた。朴《ぼく》訥《とつ》だけど人のよさそうないい方だった、と母親は喜んでいた。だから、二人はいわゆる「家族ぐるみ」の付き合いなのだ。

気の早い話だが、あおいはできたら祐理と結婚したいと思っている。だからこそ、祐理のアパートで生まれて初めて、彼に身を任せた。あおいは初めてだったが、祐理は高校時代に付き合っていた彼女がいた、と話した。けれど、彼もそう多くは体験してないみたいで、ものすごく不器用だったし、「あおいちゃんが初めてみたいなもんだ」と言っていたっけ。

けど、この三月に、地元の専門学校を卒業したその元彼女が、介護士として上京するという話を聞いていた。

小谷理美《こたにさとみ》。その人が最近の祐理のおかしさの原因かもしれない。

そう考え始めたのは、アルバイトが忙しいという理由でほとんど会えなかった、夏の終わりの頃だった。

理美が上京した三月の半ば、祐理は彼女を東京駅に迎えに行った。

もちろん、あおいにも了解の上の行動だった。その前にも実家に帰郷した時のクラス会で理美に会っているのを知っている。祐理は事前にあおいに報告し、クラス会から帰宅する道筋でも電話してくれた。

「別に今夜電話くれなくてもいいのに」

ほっとした気持ちが、心と違うことを言わせていた。以前卒業アルバムを見せてもらった時に、理美がクラスで一番美人だと思った。背のすらっとした頭の小さな人で、ショートカットにつんと上を向いた形のいい鼻、ちょっと気が強そうなところも魅力的だった。小柄で茶色いふわふわした髪をセミロングにしているあおいとは逆のタイプだ。祐理とは小学校の頃からの幼なじみらしい。

「いや、おれもあおいには同じことをしてほしいし」

「うん」

「おれがされたくないことは、しないし」

「うん」

「それをわかってもらいたいだけ」

「わかった」胸が熱くなった。「ん？　今なんて言った？」

よく聞こえない声でごにょごにょ祐理が言った。「ようけ星が見える」初めての方言だった。祐理は恥ずかしがって、絶対にあおいの前ではなまらない。

「そうなの？」

「見せてぇなぁ。ここにあおいを連れて来たい」

「あたしも」あおいも言った。「行きたい、そこに」

その瞬間、心が一つになった気がした。だから、安心していた。

理美が就職した介護施設は、東京と言っても八王子《はちおうじ》からまたさらに奥の西多摩《にしたま》の方だった。ひとりでは心もとないだろう、と祐理が迎えに行き、その施設まで送った。施設には寮がついていて、理美はそこで暮らすそうだ。あおいもその理由は納得がいったし、場所が西多摩だと聞いて密《ひそ》かに胸をなでおろしていたところがある。

けれど、考えてみたら、どうしてわざわざ東京に出てくる必要があるのだろう。地元にだって施設はたくさんあるだろうし、理美は祖母の介護をしたいという理由で介護士の資格を取ったと聞いている。ならば、なおさら実家の近くでというのが、普通ではないか。


「いろは」に行ったのは正解だったな。健介は久しぶりに子供たちと風呂に入った後、布団乾燥機で温まった布団に横になりながら、微笑んだ。普段は夜勤もあるし、健介と子供たちは別の部屋で寝るのだが、買ってきた乾燥機を使うために部屋に布団を並べていたら、やっぱり一緒に寝ようということになって、三つの布団を隙間なく敷き詰めて雑魚寝《ざこね》した。

やっと取れた日曜の休みだった。社長が拝《おが》むのを逆に拝み返して、なんとか都合してもらった。これで来週は三回夜勤をこなさなければならないが、しょうがないだろう。布団乾燥機で、布団がふくらんでくるのを見て、子供たちがきゃあきゃあはしゃぎ、それだけで健介は幸せな気持ちになった。

事前に連絡していたので、「いろは」ではハンバーグを出してもらった。桃子と直介がどうせ残すだろうとたかをくくっていたら、白飯以外はぺろりと平《たい》らげ、健介を慌てさせた。コロッケを追加注文すると、子供たちはそれにもめずらしげに箸をのばした。

広美は日曜日も店にいて、子供たちにさりげなく目を配ってくれていた。直介がハンバーグをうまく食べられないのを見て、奥からフォークとナイフを持ってきて一口大に切ってくれた。若い女がめずらしいのか、子供たちは広美をじっと見ていた。四歳の直介は目の前で動く、広美のふっくら白い手にそっと何度も触《ふ》れた。そのたびに広美が微笑み、直介は恥ずかしげにうつむいた。

夜は良介のリクエストの、「回転寿司」に行った。こちらは多恵子の両親にも声をかけた。彼らもその噂は聞いていたらしく、一度行ってみたいと思っていた、とすぐに乗り気になった。昼間ハンバーグを食べすぎた子供たちはあまり寿司に手を出さず、すぐに飽《あ》きてしまったが、義父と義母の方が「こんな店があるさねぇ」とめずらしげに店内を見まわし、はしゃいでいた。沼津《ぬまづ》港から上がった魚が豊富な土地でもあるので、「回転寿司」といえども味はいい。健介も、おもちゃのような寿司にしては悪くないと思った。

回転寿司がある富士の麓のあたりには、巨大店舗のパチンコやらカラオケやら居酒屋、はては、ディスコなどもできていて、健介は行ってみようとも思わないが、営業所の若者たちは週末になると遊びに来るらしかった。時代の風が吹いていることを、仕事と家族のことで手いっぱいの健介でさえも感じていた。

帰りの車中で子供たちが眠ってしまったのを確認してから、義母はそっと「来年は多恵子の三回忌《き》ら。わたしらを大切にしてくれるのはありがたいけど、健介さんもそろそろ後《のち》添《ぞ》いを考えてもいいじゃないかねぇ」とささやいた。「わたしらのことは気にしないでいいさ。後妻《ごさい》さんがきても孫は孫だから」

健介は返事をしなかった。多恵子の両親もそれ以上何も言わなかった。

多恵子と健介は中学校からの同級生だった。高校二年で初めてキスをした相手が多恵子で、高校卒業と同時に結婚した。成人式の少し前に良介ができて、多恵子は成人式の着物が着られなかったとよく拗《す》ねた。健介は多恵子以外の女を知らない。多恵子の方が中二の時に一時先輩と付き合っていたことがあるのは知っているが、たぶん、健介が初めてだと思う。多恵子が亡くなる前年、社員旅行で行った香港《ホンコン》で、社長以下他の社員は全員、女を買う店に行ったのに、健介だけはそれに気づいて途中でホテルに戻った。そのことは営業所の語り草になり、自然、多恵子の耳にも入った。健介の不在時弁当を届けてくれた際に、社長の妻や他の社員たちから「恋女房とは多恵子さんのことだ」とずいぶんからかわれたらしい。「恥ずかしかった」とこぼしたが、その顔は嬉しげに光り輝いていた。

ほっこりと温まった布団の中で、子供の寝顔を見ながら健介は思う。後添いはまだ早い。子供の母親になる女は必要だけれども、多恵子以外に妻になる女はいない。

父からの電話では、「いろは」食堂から食べ物が届くからそれを食べて今夜は寝ろ、と言われただけだった。良介は食堂の店主が来てくれるのかと思っていたので、ドアを開けた時、若い女が立っていてびっくりした。

「お父さんから電話あった？」女は当たり前のように尋ねた。

良介は黙ってうなずいた。

「お姉さんのこと、覚えている？『いろは』でハンバーグ食べたでしょ。先週の日曜日」

「覚えてる！」桃子が叫んだ。

「そう。ありがとう。偉いね」

「直ちゃんも覚えてる！」

女は嬉しそうに直介の頭をなでた。

「入っていい？」

女は三人が入っていたこたつの上に持ってきた食べ物を並べた。良介には家族でない人が入ってきたことへのこだわりがあったが、桃子や直介はまったくそれを感じていないようだった。直介など、さっそく彼女の膝に乗っている。そんなことしたらダメだ、と言いたいのだが、口の重い彼は黙っていた。それでも、ハンバーグやコロッケ、温かいおにぎりが魔法のように包みから出てくると、いつしか忘れた。

「おいしい？」

良介たちががつがつ食べる様子を女は嬉しそうに見ていた。直介には小さく切って口に運んでくれている。

「お茶とかお味噌汁《みそしる》とか、いらない？　台所貸してくれたら作るけど」

良介がうなずくと、彼女は冷蔵庫をのぞいて、温かい大根の味噌汁を作ってくれた。祖母の味とは違ったが、なんでも薄味にしてしまう祖母のよりおいしいと思った。

「皆、いくつ？」

尋ねながら、何がおかしいのか彼女はくっくっと笑った。

ハンバーグを食べていた桃子が顔を上げた。

「あたし、八歳、小学二年生、お兄ちゃんは四年生、直介は四歳」

直介は小さな指をいっぱいに広げて、「四つ」と言った。

「そう、偉いね」

直介は食べ終わると、彼女の顔をうかがいながらまた、手に触れた。

「子供の手のひらって、なんでにちゃにちゃしているのかしら」女がつぶやいた。

「お姉ちゃん、いつまでいるさ」桃子が尋ねた。

「いつまで」女は困って首をかしげた。「どうしたらいいかしらねぇ。お父さん、いつ帰ってくるって」

「明日まで帰れないかもしれないって」良介が答えた。

「そう。いつも、こういう時はどうするの」

「いつもは、ばあちゃんが来る」

「今夜は来ないの？」

三人でうなずいた。

「お姉ちゃん、ずっといて」直介が振り向いて、彼女の首に両手を巻いた。「帰らないで」

「でもねぇ、いいのかしらねぇ」

「いいだら」桃子も言った。

女が良介の顔を見た。彼はただうなずく。妹たちが言うんだからしょうがないな、というふうを装《よそお》っていたが、本当は彼も彼女にいてほしかった。子供だけの夜が不安だった。

「じゃあ、お父さんが帰ってくるまでね」

「やったぁ」直介が首にかけた手に力をこめ、膝の上でなんどかバウンドした。

翌朝、健介は自宅の居間に入って驚いた。こたつで広美が寝ている。脇には直介がいて、首っ玉にしがみついていた。二人の様子は、生き別れになった親子がめぐりあったかのように堅固《けんご》だった。思わず彼は微笑んだ。

九月の終わりに授業が始まると、祐理の欠席に周囲が気づき始めた。祐理はどの授業でも、黒板に向かって右側の前から二番目の席に陣取ってノートを取っているので目立っていたし、休んでいるのも一目瞭然だ。サークルの先輩にあおいの方が理由を尋ねられたが、答えられないのが悲しかった。

あおいは考えに考えて、眠れない夜をすごしたのち、理美の勤める介護施設に電話してみた。理美のことはその施設の名前以外の情報は皆無《かいむ》だからしょうがない。自分の名前と、祐理の名前を告げて、携帯電話の番号を教え、よろしければお電話ください、と言付《ことづ》けた。

折り返しの電話は一時間ほどあとに来た。

「小谷理美ですが」写真から想像していた通りの冷静な声を出す人だった。

「あ、あの、森崎あおいです」こちらから頼んだのに、へどもどしながら答えた。いろいろ考えたが正直に言うしかない。

「すみません。祐理君のことでお聞きしたいことがあるんですけど」

「あなたの方がよく知ってるんじゃないですか」笑いを含んだ声だった。「別にいいですけど」その声の中に他意が含まれているのかは、わからなかった。

東京はまだよくわからないのだ、という理美の言葉に従って、翌日、あおいの方が施設を訪ねることになった。四時の夕食の前に少しだけ休憩時間があると言う。あおいも祖父が入院した時に夕飯が四時だったことを思い出した。

あおいの家から八王子まで一時間。そこから高崎《たかさき》行きの四両しかないディーゼル列車に乗る。車窓の外は、最初こそ商店街や住宅街が見えていたが、どんどん緑が多くなっていく。畑や田んぼが広がり、遠くに山並みまで見えてきた。

その頃になると、あおいは家を出た時には荒れくるっていた気持ちが凪《な》いでいるのを感じていた。

列車は向かい合わせの四人席、まるで山登りか旅行に行くような長距離列車の風情《ふぜい》だった。あおいの他、乗客は数人しかいない。ぎこぎこと音をたてて建てつけの悪い窓を開けると、さわやかな風が入ってきてあおいの髪をゆらした。窓枠に頬づえをついて景色をながめる。理美はこんなところで働いているんだ。会ってみるまでは確かなことは言えないが、祐理を追ってきたとしても、介護の仕事のためだとしても、彼女は本気なのだろう。どちらにしても、彼女はすごい人だとあおいは思った。なんだか、まだ会ったことのない彼女に圧倒されるような気がする。この風のようにさわやかな圧倒だけど。

理美に教えられた通りに箱根ケ崎《はこねがさき》駅で降りて、送迎バスに乗る。同じバスに乗っているのは、面会の家族なのか、老人ばかりだった。二十分ほど乗って着いたのは、畑の中に広がる、驚くほど大きいお屋敷のような施設だった。自動ドアの入口を入るとふかふかの深いローズ色の絨毯《じゅうたん》が敷いてあって、ホテルのロビーのような立派な受付がある。理美の名前を出すと、事務所の脇の小部屋に通された。そこは、ソファセットがあるだけの簡素な部屋だった。

「お待たせしました」

十五分以上待ったところに、彼女が入ってきた。

「ごめんなさい。遠いところ来ていただいたのに、お待たせして」

高校時代の写真よりも、ずっと落ち着いた大人の女性に理美はなっていた。薄いブルーの看護衣は詰め襟《えり》にパンツのシンプルな形なのに、さらに彼女の美貌を引き立たせている。長くなった髪を後ろで束《たば》ねていた。

「待っていただいて悪いんだけど、時間があまりないの」

そういう口調はすまなそうだったが、自信がにじんでいた。

「こちらこそ、すみません」あおいは慌てて立ち上がってお辞儀をした。

「ううん。いいの。私もあなたに一度会いたいと思っていたし」

「ありがとうございます」

「よかったら、表に出ませんか。公園というかお庭があるの。そこで歩きながら話しませんか？　気持ちがいいから」

理美が案内してくれた庭は確かに広くて手入れの行き届いた立派な庭園だった。老人の車椅子を押している家族や、職員の姿がちらほらと見える。その中を並んで歩いた。

「私と祐理君のことが聞きたいのよね」

「はい」

「私たちが付き合ったのって、高校二年の半年だけ。私から告白して付き合い始めたの。けど、三学期の終わりに、祐理君から受験に集中したいからって言われて」

「そうなんですか」それでは、受験が終われば支障はないように思える。まだ二人に気持ちは残っていたのだろうか。

「けど、受験が理由じゃないよ、きっと。たぶん、祐理君は私のこと、やっぱり、幼なじみの妹みたいにしか思えなかったんだと思う。そんな気がした。受験が終わっても、また付き合おうって話は出なかったし」

あおいの気持ちを見透かしたように、理美は進んではきはきと話す。時間がないからかもしれない。

「ちょっと座りましょうか」

白い木のベンチに並んで座った。

「でも」あおいは思い切って口を開いた。

「でも？」

「でも今は？」

「今？」理美は目をくるっとさせた。「今もなんにもないよ。時々、メールぐらいするけど」

「本当ですか」

「なんで、そんなこと訊くの？」

あおいはちょっと迷ったが、最近の祐理のことをすべて話した。理美が心を開いてくれたのがわかったし、彼女の貴重な時間を無駄にしたくなかった。年上のお姉さんか、友達に話しているような気持ちになっていた。

「ふーん」聞き終わると理美はうなった。「おかしいね」

「ええ。なんかおかしいんです」

「でも、本当に私じゃないよ。私の方もそんな余裕、今はない。めちゃくちゃ忙しくて、せっかく東京に出てきたのに、東京タワーも見てない。二十三区内に行ったのは新宿だけ。それも二度しかないの」

「そうなんですか」

「どうしたんだろうねぇ、祐理君。彼らしくない」

「そうですよね」

「彼、本当に大学に行きたがってたし、ものすごくまじめに勉強していたから、授業に出ていないなんて信じられない」

「高校時代からそうでしたか」

「ええ……ごめんなさいね。そろそろ時間なの」腕時計を見ながら、理美は立ち上がった。

「あ、すみません」

「門のところまで送っていくから」

門までの道筋、理美は大きな建物を指さして、「ここが寝たきりの人が入っている病棟」

「ここが食堂。自分で食べられる人はここで食べるのよ」と説明してくれた。

「私ね、わざわざ東京まで出てきたのは、最高の施設で一度働いてみたかったからなの。ここは都内でも一級の場所で、料金ものすごく高いの。料理はシェフが作ってくれるし、音楽室やダンス室、いろんな習い事もできたり、本当にホテルみたいなところなのよ」

「へえ、すごいですね」

「病院が併設《へいせつ》されていて、医療やリハビリも完璧なの。でも、いずれは故郷に帰るわ。地元の施設でも、ここで学んだ最新の技術をいかしたいの」

理美の説明は明確で説得力があった。そこにあおいは彼女の優しさを感じた。こんなすてきな人と付き合っていたのか、とまた祐理のことを恋しく思った。

「私、ちょっと思ったんだけど」

「はい」

「今の話、なんか祐理君らしくないよね」

「そうなんです。真面目な人なのに」

「ううん。彼らしくないって、また別の意味で。だって、彼だったら、はっきり言うと思うの。他の女ができたら。あなたのことを宙ぶらりんにして二股かけるような人じゃないと思う」

「そうでしょうか……」

「それに、たとえどんな人と付き合ったとしても、女のことで大学や勉強をおろそかにするかしら。彼、そういうタイプじゃないでしょ」

「そうですね……」

「なにか、別のことじゃないかしら。もっと深い、彼の根本に根差すようなこと。例えば、故郷のお父さんが病気だとか……訊《き》いてみた？」

「なんかあったの、とは訊いたんですけど、言いませんでした。隠すようなことじゃないと思うし」

「そうね。私からもちょっと訊いてみるわ」

女じゃなければあおいは気が楽になる。けれど、理美の方が祐理をわかっている、理解しているというのは、少し悲しかった。

「祐理君がおかしくなった理由は私です、って言いたかった。本当は、ちょっと言いたかった」

別れ際《ぎわ》、理美は笑ってあおいの顔を覗《のぞ》き込んだ。あおいはぎくっとする。やっぱりこの人は彼の元カノで、友達じゃない。

「じゃあね。もし理由がわかって差支《さしつか》えなかったら、私にも教えて」

でも、できたら友達になりたい人だ、とあおいは、手を振っている理美を見ながら思った。

西多摩まで行ったあと、あおいはやっと大学の友達に相談することにした。

「ま、女だろうね」

誘ったファミレスでドリンクバーから飲み物を取ってくると、美弥《みや》はバッグから煙草《たばこ》を出してジッポーをパチンと開けて火を点《つ》け、あっけらかんと言う。親や男の前、バイト先では吸わないのに、女友達の前ならわずかな間も惜《お》しんで火を点ける。立派なヘビースモーカーだと思うのだが、本人は実家では吸わないのだから、中毒ではないと言い張る。

美弥はサークルは違うものの、同じ経済学部で一番仲のいい友達だ。祐理のことも教室で見知っているし、飲み会で紹介したこともある。

「それは……ちょっと違うような気がする。彼らしくないもの」

それを言ったのは理美だったが、あおいの中で支えになっていた。

「よくさぁ、女の子が髪型変える時は男を替える時っていうじゃん。男も女も生活の何かが変わる時って、相手が替わる時なんだよ。または替えたいなぁ、って思ってる時」

美弥は一般論でぶった切る。

「違うと思うなぁ」声が小さくなった。

「最後に会ったのいつ？」

あおいは斜《なな》め上を見上げるようにして、指折り数える。

「二人っきりで会ったのなら、三週間前」

「向こうから電話があったのは？」

また、指を折っていると、美弥は乱暴にその手を握った。

「数えなくちゃならないぐらい前なら、もういい」

「でも、あたしから電話すれば、必ず出るよ……バイトの時以外なら」

「ここ最近であおいから三回電話して、あっちからは何回かかってきてる？」

あおいはため息をついて目をそらす。

「もしかして、ゼロ？」

認めたくないが、うなずく。

「あたし、あおいが祐理君と付き合う前……入学したばっかりの時の新入生歓迎合宿の夜、言ったこと、覚えてる?」

しぶしぶ、うなずく。

「言ってみ」

「……男は気に入った女の子を一週間以上ほっておけない。出会って一週間連絡がなかったら諦めろ。三回こちらから電話して相手から電話がなかったら諦めろ。それから……」

「一か月デートなかったら諦めろ……あおいたち、ほとんど当てはまってますけど?」

あおいは美弥を睨《にら》む。「確かに、美弥の言うことは当たってることもあるけど、あたし、なんか、美弥にそういうこと聞いてから純粋に恋愛できなくなったような気がする」

「純粋に?」

「コンパで知り合ってもこっちから連絡しちゃいけない、とか、こっちから告《こく》っちゃいけない、とか、駆け引きばっかり。前よりのびのびと人のこと好きになれなくなった気がする。付き合っても、いつもびくびくするようになった、っていうか」

「だけど、うまくいってる時はびくびくなんかしなかったでしょうが」

「まあね」

「あたしはあおいや他の子が傷つくのを見てられないんだよ。覚悟しておけば、最悪の事態になった時慌てないでしょ」

ＯＬですでにイケメン商社マンをつかまえているというお姉さんの影響なのか、女子高出身で高校時代から大学生たちと合コンしまくってたせいなのか、美弥はとにかく恋愛にたけていた。美人ということもあって、実際もてる。祐理は、「美弥さんの前に行くと、なんか、値踏みされているみたいで落ち着かないんだよな」と年下なのに「さん」付けで呼んでいた。

「男ってずるいからさぁ、絶対、自分から別れるとか言わないから。そうやってずるずるいつまでも気を持たせて、女の方から言い出すまで引きずって、で、女の子が意を決して別れようって言うと、そんな気じゃなかった、とか引きとめるわけ。自分が振られるのもメンツが立たないから。けど、やっぱり事態は変わらなくて、しばらくすると『やっぱり別れよう。君に言われて気がついた』とか言い出すんだよ。あたし、そういうカップルいっぱい見てきた。あおいにはそんなふうに男に出しぬかれてほしくないんだよ」

「……出しぬかれてもいいよ」

「え」

「出しぬかれてもいいの。傷ついてもいいの。祐理なら。どっちが別れよって言い出したかなんて、ちっちゃなことだよ。あたしはそんなのどっちでもいい。メンツなんてどっちでもいい」

美弥はしばらくあおいを見ていて……まなざしが急に優しくなった。

「わかった」

「なにが？」

「あおいがそんなに祐理君が好きなら、最後までとことんやればいいよ。それで傷ついたら、それでもいいと思うよ。いいよ。わかったよ。あたしも協力する」

鼻の奥がつんとなる。「いいかな」

「いいよ。いいから、当たって砕《くだ》けろだよ。あおいの気持ちをちゃんと言って、祐理君に確かめてみなさいって」

「訊いてみたけど」

「じゃあ、もっとしつこくさ。あとつけてもいいから、祐理君のこと、見極めなよ。それで傷ついてもいいんでしょ」

あおいは黙ってレモンソーダを飲む。美弥の手前、傷ついてもいいなんて言っちゃったけど、本当はすごく不安なのだ。

「あとをつける？」

「うん。敵と戦う前には、まず、敵を知ること」

敵？ それは祐理なのか、それとも別の人なのか。確かめたいけど、あおいは美弥に訊くのが怖い。

それからまた半月逡巡《しゅんじゅん》したあと、結局、あおいは彼をつけてみることにしたのだった。

「いろは」の女と暮らしとるだって。営業所の社長にそう尋ねられた時、健介は「社長が考えているような間じゃないさ」と強い口調で否定し、むしろ子供のために喜ばしいことだと考えていた社長を驚かせた。さらに「いや、広美ちゃんが朝、健ちゃんの家を出て行くのを見たという人がいるさ」と畳みかけられると、彼は怒った表情で何も言わずに出て行ってしまった。その後、隣室でやり取りを聞いていた妻に「あんな言い方したら健介さん気を悪くするのは当たり前ずら。多恵子さんは恋女房だったんだから」と叱《しか》られた。

なんでもすぐ噂になるこの小さな街で、広美とのことが人の口に上るのは時間の問題ではあった。それでも、そんなんじゃない、と健介は胸の中で強く否定する。あの女は食堂の女で、時々食べ物を配達してもらってちゃんと金も払っているし、泊まっていくのは健介が不在の夜勤の夜だけだった。食堂のご飯は高いからと、広美が作ってくれる時もあるけれど、それだってちゃんと材料費を払っている。もちろん、男女の関係はないし、義母たちにもそう説明している。彼らがちゃんと理解しているかはともかく。

しかし、食事を作って、時には泊まっていくのが、すなわちそういう女ではないかと言われれば、健介にも言い返せないし、朝帰りする広美を見られれば、勘ぐられても仕方がないということぐらいはわかる。

きっと広美のほうも方々でいろいろと言われているに違いない。たとえ今はなくても、これからないわけがない。その前に一度話し合っておいた方がいい。健介はトラックの中で考えた。

営業所から家に戻ると、ちょうど広美が朝食の後片付けをしているところだった。

「今日は『いろは』はいいのかね」

健介が台所の彼女に声をかけると、「まだ大丈夫です。ランチの前に行けば」と振り返りもせず、静かな声で答えた。

「あんた、ちょっと、時間があったら、ちぃっとここに座ってくれんかね」

広美がエプロンで手を拭《ふ》きながら、不思議そうな顔でこたつに入った。そのエプロンは多恵子が使っていたものだ、と健介は気がついた。

「なんですか」

「あんたも言われとるんじゃないかと思ってね」

「なにをですか」

「……うちに来てること。店の人とかにいろいろ」

広美はやっと気がついたように微笑んだ。

「やっぱり、言われとるか」

さらに笑みを大きくしただけで、何も言わない。

「誰になに言われた」

「なに言われても、私は気にしませんから」

「俺だって気にしないさ。けど、あんたは女だし、若いし、これからのこともあるら。あの……」健介は言い淀《よど》んだ。「うまく言えんのだけど、どうしたらいいかと思ってね。子供たちの面倒を見てくれることはありがたいけど、あんたに迷惑をかけられないし」

「私は今のまま、直ちゃんや桃ちゃんや、良ちゃんと、一緒にご飯食べたりテレビを観たり寝たりお風呂に入ったり……そういうことができたら、それでいいんですけど」

「それでいいと言われても」

「私はずっと今のまま、子供たちと一緒にいられればいいんです。今のまま」

広美は胸の前で手を組んで、健介を見上げた。目に薄く涙がにじんでいる。

「今のまま」困惑して健介はくり返した。

今のままと言うが、それがどういう意味を含んでいるのか、彼にはいま一つよくわからないのだった。本当に確認したかったのは、二人の間柄のことだ。自分とのことについて、彼女に過度な期待を持たれても困ると言いたいのだった。けれど、「結婚なんて期待しないでくれ」とまではさすがに言えなかったし、それを上手に遠まわしに表現できるような器用な男でもなかった。

「私、本当にそれだけでいいんですから……」

彼女は組んだ手をさらに顔の前に持ち上げて、ささやいた。

「あんたがそれならそれでいいけれども」

彼女の気持ちを確認はできなかったけれど、それだけでいい、と言うことは、たぶん、そういうことではないかと健介は男の身勝手さというか、いい加減さで納得し話を終えた。

以来、そのような話が二人の間で交わされることは一度もなかった。


年が明ける頃には、広美と健介のことを街の誰もが知ることとなった。最初、からかわれたり尋ねられたりするたびに堅固に否定していた健介が、だんだん面倒になって生返事しかしなくなると、人々の関心も薄れていった。何よりも大きかったのは、年始の家に広美がいるのを挨拶《あいさつ》に訪れた親戚たちに見られたことだった。

広美は遠慮して、「年末年始はアパートにいるので、なにかあったら連絡してください」と言い残して三十日の日に帰って行った。しかし、元日の昼を過ぎた頃には直介がぐずり始め、桃子もおせちに飽いて「ミートソース食べたい」と言いだした。しょうがなく、健介が夕方連絡すると、広美はいそいそと訪れ、いつ買ってあったのか、冷凍庫のあいびき肉をほどいて子供たちが喜ぶものを次々に作った。

二日に挨拶に来た親戚たちが広美を見てめくばせしあっているのを、健介は厄介な気持ちで見ていた。気づいた義母が進んで「子供の面倒なんかを見てもらってる、広美さん。ええ人だから、よろしく頼むね」と紹介し、広美は彼らに認知された。

健介が思っていたよりも、まわりの人間はこの状況をやすやすと受け入れた。頭の中であれこれ考えていたことなどまったく無意味なぐらいに、広美はすぃっと街やコミュニティにとけこんで、無色になってしまった。家庭の中でも、子供たちが出掛けた朝、台所で彼女が後片付けをし、彼がこたつでテレビを観ていて、その内容に二人で一緒に笑う、というようなことがいつのまにか普通の風景となった。けれど、彼には確かに多恵子の記憶はあり、子供も多恵子が産んだ子で間違いはなく、その上で広美がそこにいるのもなんの違和感もない、という不思議な状態だった。それはきっと自分たちの間に男女の関係がないからであろうと健介は思おうとしていた。

そして、二月の末、木枯《こが》らしが吹きすさぶ中、家事を終え、子供たちを寝かしつけた広美が家を出ようとした後ろ姿に、「あんたも寒い中を帰るのはえらいだろうし、うちに来たらどうだら」と提案した。

「え」と驚いた広美が振り返った気配はあったのだが、健介はこたつで新聞に目を落としていたので、表情は見えなかった。

「いや、うちに住んだらどうかと思って。桃子らと寝ればいいし。せまいだけど」顔も上げずに言った。

「わかりました」いつものように静かな声だった。

それから、広美は自分のアパートをたたんで荷物をすべて持ってきた。とはいってもたいした持ち物はなく、不要な家電製品は処分してきたようだった。広美は下の二人の子と同じ部屋で寝起きすることになり、良介が健介と一緒に寝ることになった。

同居して二、三日して、直介が広美のことを「お母さん」と呼んでいるのに気がついて、健介は驚愕した。思わず、広美がいるのも忘れて「そんなふうに呼ぶじゃない」ときつく叱っていた。

「なんでいけないらぁ」

無口だが日頃ほとんど怒ることのない父親の怒りに触れて、直介は大泣きしながら尋ねた。

「お母さんじゃないからさ。直介のお母さんはおとし死んだお母さんしかいないだら」

健介が怒鳴ると、家の中がしんと静まり返った。上の息子の良介が広美の顔色をうかがっているのが、目の端《はし》に見えた。

その夜、子供たちが寝たのを見計らって、広美が健介の脇に来た。

「申し訳ございません」広美はきちんと正座をして頭をさげた。

「なにが」

「直介ちゃんは私のことをお母さんだと思ったわけじゃないんです。ただ、お母さんと呼ぶような相手が欲しかっただけだったと思うんです。保育園で他の子のお母さんを見て、うらやましかったんでしょう」

「ん。けど」

「わかっています。私がちゃんと注意しなかったのが軽率でした」

「別に、あんたのせいじゃない」

「……あの……例えば、ママとかマミーとか、なんでもいいんですけど、なにかお母さんに代わるもので呼んでもらったらいけませんか。もちろん、三人のお母さんは多恵子さんしかいないし、私がそれに替わろうなんて思ってもいません。ただ、他の子たちがいる前で呼ぶ名前として」

「うーん」

「呼び名はただの呼び名です。それ以上の意味はないです」

健介はしばらく考えて答えた。「マミーだなんて、外国人の家じゃあるまいし」

「すみません。差し出がましいことを言いまして」

広美はまた畳の上に手をついて一礼すると、しおしおと寝室に引き上げようとした。

「マミーじゃなきゃいいずら」

部屋を出て行く広美に、健介は呼びかけた。

「え」

「マミーじゃなきゃいい」

「ママならいいんですか」

「だから、そう言ったら」

「ありがとうございます」

広美は嬉しそうにぴょこんと頭を下げて、襖《ふすま》を閉めた。

なんだ、あの女、呼び名だけとかいろいろ屁理屈《へりくつ》つけてたが、やっぱり呼ばれたいんじゃないかと健介は思ったが、そう悪い気はしなかった。あんな頭の下げ方をして、まだ若いんだな。

それから、子供たちは広美のことをママと呼び始めた。


広美が家にいることによる影響は、家事や料理のことばかりではなかった。何より大きかったのは、情報が入ってくるということだった。無口な良介が学校ではリーダー的存在であることや、桃子が反抗的なのはこの歳の女の子にはよくあることなので気にしなくていい、などという話が、広美を通じて軽々と家の中に舞い込んできた。それによって健介は、多恵子が死んでから、自分たち父子家庭がいかに孤立していたのかを逆に知ったのだった。

「あの人が後添いになってくれてもいいだけどねぇ」と義母は広美が「いろは」のパート

でいない時に、子供たちの洗濯物をたたみながら健介に言った。「いい人だし、子供好きみたいだしねぇ。けど、あの人はなんだか、はりあいのない人だねぇ」

「はりあい？」

義母の繰《く》り言《ごと》はいつものことだから適当に聞き流していた健介もめずらしく聞き直した。

「はりあいっちゅうは、どういうことずら」

「なんちゅうかねぇ。うまく言えんのだけど。わたしら、後添いが来てほしいとは言ってたけど、やっぱり来たら来たでいろいろ思うことはあるさ。多恵子の母親だもの。けど、あの人はなんと言うか、こっちにそういう気持ちを起こさせないさ。なんだろうねぇ。自分というものがなくて、こっちがなにを言っても、はあい、はあい、と聞いてくれて、自分がこうしたいとか一つも言わない」

「なにを言ってるのか、わからんさ」

義母は一人で笑った。「わたしにもわからん。まあ、そのぐらいの方が後妻にはうってつけなのかもしれないね」

「何度も言うけど、俺は後添いなんて考えてないし、広美もそのことはわかってるだら」

「また、そんなこと言って。女が男と暮らして、子供の面倒も見てくれるって言うのは、そういうことだら。ちっとは広美さんの気持ちも考えてあげないと」

ため息をついてこぼしているように見えて、健介はどこか義母がほっとしているのに気がついていた。

とはいえ、最後まで二人が一度も男女の関係を持たなかったと言えば、それは嘘になる。

その年の夏、健介のもとに一通の封書が届いた。健介の父親、望月道夫《みちお》が東北の病院で死んだという知らせだった。手紙の主はその病院の事務員らしかったが、道夫は最初、本名を名乗らなかったらしい。家族に迷惑はかからない、という説明をして、やっと死ぬ間際に、生きているうちに連絡する必要はないが、死んだら健介に知らせてほしいと頼まれたこと、遺骨とわずかな私物を取りに来るか郵送で送るので受け取ってほしいこと、などが書かれていた。手紙は健介の昔の住所を頼って役場に届けられ、転送されてきた。

「こんなもの、ほうっておけばいいずら」

健介は義母にそう言って、手紙を投げ出した。広美は台所の、二人の話が聞こえる場所で洗い物をしていた。

「健介さんの気持ちはわかるけれども、一度、役場を通った手紙でもあるし、なんもしないっていうのはどうだか。親の遺骨も引き取らないってことになると……」

「けど、俺が中学の時に出て行って以来、連絡もないのに」

「そこはこらえて。良介ちゃんらのことも考えんと」

「なんで、子供らのことが関係ある？」

「どんな小さなことでも、噂にはならん方がいい。子供らのためにはな」

黙ってしまった健介に「なんもすることはないら。ただ、送ってもらって、墓に入れればいいことだら。すぐ忘れる。な、な。こらえてちょ、健介さん」言い捨てて、義母は帰って行った。

テレビの前でふて寝していると、広美が熱い茶を淹《い》れて持ってきた。

「あんた、どう思う？」

広美は黙って、健介の隣に座った。

「出稼ぎに行って、最初の一、二年は連絡があったが、後はなしのつぶてだ。おふくろがどれだけ泣いたかしれない。そういう男なんだ。それなのに、おふくろは死ぬ間際まであいつのことを心配して……」

広美は洗い物で濡れた手でおくれ毛をかきあげていたが、意を決したように話しだした。

「……昔、私の家のあたりに、出稼ぎの人たちがかたまって住んでいる場所がありました。その近くに酒屋さんが店の一部を改装して、一杯飲み屋をやっていたんです」

「一杯飲み屋」

「立って飲むようなところ。値段はそんなに安くないんです。けど、あの人たちが行ける店は他にはなくて、皆、現場が休みの日にはそこで飲むんです。仕送りして、ほんの少しあまったお金を皆そこで使ってしまうの。その店の前を通るのが嫌でした。大声出したり、からかったりするから」

「そうか」

広美の真意をはかりかねて、健介はあいづちを打った。

「けど、本当に嫌だったのはそういうことではないかもしれません。あの人たちを見ると、なにかを思い知らされるんです。なにか、悲しくて怖いことを」

「怖いことって、なんだら」

「さあ、なんでしょう……桃子ちゃんぐらいか一つ二つ上の歳の頃、夕方、おつかいを頼まれて、私がその前を通ったら、なんか喧嘩《けんか》みたいなことがあって、一人の人がその店から叩《たた》きだされたんです。その人店の前に投げ出されて、ポケットに入っていた小銭が道いっぱいに落ちて、それを一つ一つ拾っていました。それを手伝おうとして思わず近くに寄ったら、その人が顔を上げて私に『オマンコ』って言いました」

「それは怖かったら」

桃子がそんな目に遭ったら、俺は胸がつぶれるような思いがするだろうと健介は想像した。

広美は首を振った。「怖かったというよりも……」

二人は黙って、茶をすすった。しばらくして、広美が口を開いた。

「たぶん、私が一番怖かったのは、あの人たちの孤独を直視すること」

「………」

「お義母さんの言うように、遺骨を送ってもらったらいけませんか。私が取りに行ってきてもいいです。そうしなかったら、健介さんはいつか後悔するような気がします」

「……わかった」

しぶしぶ、というような声を健介は出したが、本当はそんなふうに義母か広美に説得されたかったような気がした。

広美はふっと笑った。

「なんだ」

「私、その次の日に、生理が始まったんです。今、急に思い出しました」

健介はゆっくりと広美に手を伸ばし、抱き寄せた。彼女は拒否しなかった。自分の下でぽってりとした唇が揺れているのが見えたが、健介は最後までそこに触れなかった。

「あんた、どこの出身だ」

ことがすんだ後、健介は初めて尋ねた。

広美はためらっていた。「……神奈川です」

「やっぱり、都会もんなんだなぁ」

「違います。神奈川にも田舎はあるんです」

「けど、なまりもないし」

「……直されたんです」

話しながら、健介は体のこわばりみたいなものが、多恵子が死んだあと、初めてほどけているのを感じた。

それから、広美が出て行くまで、健介は時々彼女を抱いた。子供が寝静まった深夜のこたつや、学校に出かけた朝の台所なんかで。広美はただただ受け身だった。何度そういうことがあっても、一度も唇を合わさなかった。けれど健介はずっとそれがきれいだと思っていた。口に出そうとは毛ほども考えていなかったが。

二週間ほど祐理のあとをつけてわかったのは、実際、彼がとにかくアルバイトで忙しいことと、「ルージュ」に週三回は通っていることだった。朝は早朝からビル清掃のバイト、昼間は以前から働いていた弁当屋、夜は道路工事の交通整理。それがない時には、「ルージュ」に通う。大学どころか、体を壊さないのが不思議なぐらいだった。

久しぶりに連絡があって、学校の近くのファーストフードで会うことになった。本当は映画でも観に行きたかったのだが、「忙しいから」と断られた。

飲み物だけ買って向かい合った。あおいはお腹《なか》がすいていたのだが、先に注文をした祐理が一番安いコーラしか頼まなかったのでそれにそろえた。もちろん、勘定は割り勘だ。

ずっと後ろ姿や横顔ばかりを見つめてきた相手が真正面にいる。

あおいが思ったのはなんだか「濃い」ということだった。あとをつけたり、頭の中で何度も何度も思い描いたりしているうちに、彼は遠くぼんやりしてしまっていた。けれど目の前の祐理は、顔の輪郭《りんかく》が濃い。肌の色がみずみずしく濃い。祐理の成分が濃い。現実の彼はいきいきと生きていたのだ。あおいが見ているしかなかった、あおいのいない場所で。

「なに？」

あおいがじろじろ見ているので、祐理は飲んでいたコーラから目を上げて尋ねた。

「ううん。なんでもない……じゃない、ある」

「なによ」祐理は笑った。「どっち」

「……レポートとか大丈夫なの」

「前にも言っただろ。あれ落としても単位は足りてるんだって」

一年、二年と専攻以外の授業にもたくさん出ていた祐理なら、問題はないのだろう。

「……最近、どうしてるの。あんまり連絡ないから心配しちゃった」

「だからそれも、前も説明したでしょ」祐理はいらついた口調になった。「バイトとか忙しいんだって」

「それだけなの？　本当にそれだけなの」

「それだけって……他になにがある」

思い切って口にしてみた。「他の人を好きになった、とかさ」

「ないないない」祐理は手を振って否定した。「こんなに忙しいのに、そんな暇ない」

「本当に？」

「こんな真面目に働いてるのに疑われるなんて」一転してへらへら笑いだした。今まで見たことのない表情だった。

「じゃあ、あの店はどうなの」

「え」

「あの店、更紗町のスナック『ルージュ』」

へらへら笑いがさっと引いた。

「私、知ってるんだよ。通ってるの」

「なんで、知ってるの」

あとをつけた、とはさすがに言えなかった。「ちょっと、聞いた」

「誰から」

「誰からでもいいじゃん」

「誰にも話してないのに」

「あの辺りであなたのことを見た人がいるの」うそをついた。「そんなことよりも、ただ、どうしてあの店に通ってるのか訊きたいの」

祐理は爪《つめ》を嚙《か》み始めた。こちらに顔を向けているのに、視点はあおいを通り過ぎてあらぬ方にあった。

「……それは、言えない」

「どうして」

「いろいろ、あるから」

「あたしに隠さなきゃならないこと？　話せないこと？」あおいは迷いながら重ねた。

「もしも、あたしがじゃまな存在ならはっきり言ってほしい。もう、別れたいって」

「そんな」

「こんなふうに隠されるなら、その方がいいの」

祐理はしばらく迷っていた。

「あおいに言えないような、後ろ暗いことでもないんだ。ただ、今はまだ、言えない。だけど、絶対、いつか話すから」

「本当？」

「うん。約束する」

「じゃあ、一度、あたしも連れてってよ。そういうところ行ったことないから、社会勉強ってことで」できるだけ明るく言ってみた。

「それはダメ」

「どうして」

「あおいが行くような場所じゃないんだって」

「そう」そんないい方されて、気持ちがおさまると思っているのだろうか。「最近、授業に出てないのも、そのせいなの」

「ああいうところに行くの、結構、お金がかかるんだよね。だから、バイトを増やしてる」

祐理はふっと自嘲《じちよう》気味に笑った。その顔は、ちょっと大人っぽく見えた。あおいの知らないところでいろいろなことを学んでいる顔だった。

「そこまでして、なんで」

「おれにとって重要なこと、としか言えないんだ」

「そう」

「だけど、あおいを悲しませたりしないから、安心して」

もう十分悲しんでいることが、祐理には伝わっていない。それがあおいには何より切ないのだった。

末っ子の直介が学校から帰ると、鍵が閉まっていた。広美は相変わらず「いろは」のパートを続けていたから、彼はなんの疑いもなく、持たされていた鍵でドアを開け、家に入った。部屋の中の雰囲気がなんだか違うと思ったら、こたつのふとんが取りはらわれてむき出しになっていた。もう春だもんな、と彼は思った。火の入っていないこたつの上にはメモと皿があって、見慣れた広美の汚い字で「晩ご飯はおばあちゃんのところで食べてね。おばあちゃんには頼んであるから大丈夫。またね」と書いてあった。皿の上には、パンの耳を揚《あ》げて砂糖をまぶしたものがのっていた。

しけてやんの、とその頃覚えたばかりの言葉で彼は毒づいた。けれど、素直にこたつで食べた。直介はふとあたりを見まわした。なんだろう。こたつのことだけでなく、部屋の中ががらんとしているような気がした。急に不安になって泣きそうになった。こんな不安な気持ちはずっと味わっていなかった。広美が来てからはずっと……

こんなしけたもん食ってるからだ、と彼は結論付けた。ばあちゃんのところに早く行ってスナック菓子を買ってもらおう。

彼はパンの耳を投げ出すと、手のひらについた砂糖を払って立ち上がった。簡単に砂糖は払えて手はきれいになった。なぜなら、その手はもうにちゃにちゃしていなかったから。

夜になっても、広美は戻ってこなかった。「いろは」もいつの間にか辞めており、数少ない衣服と健介の口座から引き出された十万円がなくなっていた。


彼女がいなくなってからむしろ、健介は広美についてよく考えるようになった。一人で街道を走っている時、仕事先で飯を食っている時、営業所の仲間とカラオケに行って同僚の下手な歌を聞いている時に。昨年、直介が小学校に入り、長男も中学生になっていた。桃子もその頃前後して初潮が始まった。広美が大変喜んで赤飯を炊き、タイの尾頭付きを焼いた。広美の心づくしの祝いにも、桃子は恥ずかしがって部屋から出てこなかった。けれど、健介は嬉しかった。やっと子供たちも成長して、家の中が落ち着いてきた矢先だった。

広美がいなくなった理由は結局、誰にも心当たりがなかった。とはいえ、そのことについて家族で話し合ったりもしていないので、本当は義母や子供たちには一つぐらい思い当たることがあるのかもしれなかったが、健介はあえて訊こうともしなかった。なんとなく、皆、その話題を避けていた。

おかしな女だったなと、健介は思う。あれは最初から子供の母親として来たような気がする。俺と男女の関係がなかったわけじゃないが、それはあれがたまたま女で、そして俺が男で、一緒の場所にいたからそうなっただけだ。そのことについては別にどちらでもいいとなんとなくお互い最初からわかっていたような気がする。あれは俺なんかよりも子供が好きだった。ずっとずっと好きだった。その証拠に、ママと呼ばれることは主張したが、妻と呼ばれることにはまったく興味を示さなかった。俺らが「子供の世話をしている人」とか「家の手伝いをしてもらっている人」とか紹介しても何も言わなかった。やっぱり変な女だった。けれど、俺にも子供たちにも、広美のような女が必要だった。

ありがとう、とつぶやいて、健介はトラックを運転しながらほんの少しだけ涙を流した。泣いたのはその時一回だけだったが。

泣いた後、健介は広美を忘れた。まるでそれが免罪符《めんざいふ》だったみたいに。最初は広美の不在を受け入れられなかった子供たちも、薄紙をはがすように広美の記憶は少しずつ薄れて行った。そして翌々年、義母の親戚の紹介で見合いした女と、健介はあっさり結婚した。

「学生さんなんですか」

高くて安定の悪いスツールの上で、あおいは緊張しながらうなずいた。質問の主はカウンターの中で、エプロンと三角巾をつけて何やらごとごと作っている。

「はい。東南《とうなん》大学の二年生です」

「優秀なんですねぇ。うちの店なんかでいいんですか」

ずっと年下なのに、あおいにも丁寧な言葉遣いだった。

「学生のうちにいろいろやってみたいんです。経験を積みたくて」

自分でもよくわからなかった。もしも、面接に受かっても、ここで祐理と顔を合わせるわけにもいかない。けれど、何かせずにいられなかった。せめて、「ルージュ」の中の様子を知りたくて、ガラス戸に張ってあった求人広告に応募してみた。

「経験」女は顔を上げて、厚みのある唇を歪《ゆが》ませた。「経験ですか」

ただ、くり返しているだけなのに、感心しているようにも、こばかにしているようにも聞こえた。

「はい。なにごとも経験ですから」

「おうちはどちらですか?」

「あ、金江町《かなえちょう》です」

「いいところにお住まいですね」

「親と一緒ですから」最初に出した履歴書は、見られずにカウンターの上に広げてある。

「履歴書に書いてありますけど」

女は履歴書を一瞥《いちべつ》しただけで、手を出さない。「ご両親にはお話ししてあるんですか?

うちに勤めること」

「大丈夫です」

「本当？」

小首をかしげた。そうすると、急に十ぐらい若く見える。あおいの母親と同じぐらいの歳だろうに、祐理と並んでもそんなに違和感がないような気がした。

「はい」

「うそですね」

微笑む。また、ドキッとさせられた。

「うそじゃありません！」

うそだった。親には話してない。

「うちの店にしたら、どちらでもいいことですけど」

冷蔵庫を開けたり閉めたり、ガス台に乗っている鍋を開けたり閉めたり、せわしない。

「あの、店は一人で？」

「ええ。ずっと知美《ともみ》ちゃんていう女の子と二人でやってたんだけど、夏ぐらいに郷《さと》のお母さんの具合が悪くなったんです……あれね、年寄りって夏の方が弱いのね。女の子たち、たいてい、夏にやめるのよ……それからずっと代わりの女の子を探しているんですけど」

「あの……店長さんは、おいくつですか」

「店長さんて、私のことですか？」

「あ、はい」

女は笑う。「ママって呼んでください。うーんと、いくつになったのかしら、私……四十七ですね、たぶん。来年、年女ですから」

しばらく黙って、何やら刻んでいる。

「なに、作っているんですか」沈黙に耐えられずにあおいは尋ねる。

「ポテトサラダ」女は刻んでいたキュウリを口に運ぶ。「ちょっと食べてみますか」

小皿にポテトサラダと赤い塗箸が添えられて、出てきた。ポテトサラダはキュウリとハムが入っていて、見たところ特に変わったものではなかったが、箸の赤さがまぶしい。何かそれだけで女の色気に圧倒された。

「いただきます」

口に入れると、あおいの母が作るポテトサラダとはぜんぜん違ううまみがあった。これがプロの技なのか。

「おいしいです」

「ありがとう。摩《す》り下ろしたニンニクがほんの少し入ってます。キュウリはいちど塩もみして入れてあって、あと、玉ねぎと人参《にんじん》は入ってないです。リンゴも入れてません。男の人は嫌いですから」

「そうなんですか」

「男はいくつになっても子供と一緒です。味覚だけは」

「毎日、ポテトサラダ、作るんですか」

「ええ。おかずは日によって違いますけど、ポテトサラダとハムカツは必ず。あと、焼きうどんの用意もしておきます。うちの人気メニューなので」

「ハムカツ、ここで揚げてるんですか」

「いいえ。揚げものをすると店の中が汚れるので、厚さとハムの種類だけこちらで指定して、近所のお肉屋さんで揚げてもらってるのを夕方取りに行くんです」

「それ、作るって言わないんじゃないですか」

小首をかしげてしばらく考えている。「そうですね」とうなずき、あはははは、と笑った。急に子供っぽくなった。

できあがった山のようなポテトサラダのボウルにラップをかけて冷蔵庫に入れ、女は振り返った。

「さてと」

エプロン姿は母親と変わらないが、後ろ姿は薄いグレーの、背中がむき出しのドレスだった。その尻が冷蔵庫に向いている間ぴくぴく動いているのに目を奪われていたあおいは赤面した。

「ごめんなさい。お待たせしました」

「いいえ」

女はエプロンと三角巾を外しながらカウンターをまわって、あおいの隣に座った。三角巾を取ると隠れていた長い髪がゆさりと肩に落ちた。丁寧に巻いてあって、急に女度がぐっと上がる。肘《ひじ》をついて顔を覗き込む。さらに髪がゆれて、いい匂いがした。

「こんなのお婆ちゃんみたいでしょう。でも、ゴムで縛ると髪に跡がつくので。髪が料理の中に落ちないし、一番いいんです」三角巾をいじりながら言う。

「なるほど」

「あなたのような、若くておきれいなお嬢さんが店に来てくれたら、お客さんも喜ぶでしょうねぇ」

「本当ですか？」

「ええ」

「じゃあ、採用ですか」

微笑んで答えない。じっとあおいの顔を見ている。

「なんですか」

「どうして、うちの店なんかに？」

「ですから、経験を」

「経験を積みたいなら、もっとましな店がいくらでもあるはずです。新宿だって池袋だって、六本木だって、あなたを喜んで入れてくれるキャバクラがありますよ。どうしてうちみたいな場末《ばすえ》のスナックなんですか？」

「……そういう派手なところはダメです、あたし」思わず下を向く。「地味でいけてないし」

それは本心だった。もしも、この店がそういう店だったら、とても面接を受けることなんてできなかっただろう。

そんなあおいを目を細めるようにして、さらにじっと見ている。

「うちは最初、時給千円です。慣れてきたら上げますけど、それでも上限千五百円ぐらいまでしか出せません。キャバクラなら最初から二千円はもらえるはず」

「いいんです。お金なんて」

「お金なんてどうでもいい、ですか」

女は、あおいの全身を上から下へ、舐《な》めるように見た。あおいはびくつく。大学の入学式の時に用意した紺のスーツで来た。場末のスナックの面接には不釣り合いかもしれないが、何を着ていいのか皆目見当がつかなかった。

「拝見します」女はあおいが持参した履歴書をやっと取り上げる。「これまでのバイト経験は、マクドナルドとデニーズ、郵便局、大学の試験監督」

「あ、接客には自信あります。どこに行っても誉《ほ》められるし」

「そうですか」

女は身を乗り出した。あおいは、ぎゃっと叫びそうになった。女が突然、あおいの二の腕をつかんだからだ。

「この店はそんなに柄《がら》の悪い店じゃないんです。私が厳しく見張ってるし、雰囲気がそっちの方に流れないようにいつも気を配ってます。それって結構、大変なことなんですよ。精一杯やってるつもりですけど、お客さんにはいろんな人がいます。こんなふうに」

女はあおいの二の腕をさらに強く握り、顔をぐっと近づけた。

「おっぱいをつかまれることもあるかもしれないんですよ。酔っぱらったお客さんに二の腕をもみもみと力強く揉《も》まれる。あおいは声が出なかった。

「それでも、耐えられますか？　ね、お嬢さん。水商売ってそういうことなんですよ」

「無理かも……しれません」

「そうでしょう」微笑んで、やっと腕から手を離してくれた。

あおいはスツールから慌てて降り、履歴書をつかんで学校用のななめ掛けのバッグの中に突っ込んだ。

「よく考えて、それでも、あなたがほしいものと引き換えにしたいと思ったら、また来てください」

店を出る時に後ろから声が追いかけてきた。

「受けに来ていただいて、ありがとうございました。ご足労《そくろう》いただいて申し訳ございません。おそれいりましてございます」

あおいはほうほうの体《てい》で、急ぎ足で商店街の中を歩いて行く。今まで薄暗い店の中で話していたのが信じられないほど、穏やかな夕方の商店街の光景だ。夕飯の買い物をする中年女性や子供連れの母親であふれ返っている。振り返ると「ルージュ」というピンク色の看板が見えた。

二の腕に女の手の感覚がまだ残っている。祐理の顔が思い浮かんだ。彼もまた、こんなふうに誰かのおっぱいをつかんだりしているのだろうか。

それでも、薄暗い店の中で微笑んでいた女の顔は、ホタルみたいにぼおっと光っていてきれいだった。

2　電話は一度しかかかってこなかった

最初は、道北《どうほく》のあたりから流れてきた、未婚の母かと思った。

ここ帯広《おびひろ》はそういう女の多い街だ。すすきのほどではないにしろ、飲み屋がたくさんあって、仕事には困らない。小麦やジャガイモを大規模に作っている農家はどこも裕福だし畑が凍りつく冬の間はすることがないから、冬は皆、ここに飲みに来る。車で来て平気で酔っぱらって運転して帰る。さすがに正体不明になるほど酔えば店が代行を呼んでくれるので、代行業者は大流行《おおはや》りだ。飲む他は、農協がチャーター機を仕立ててくれてハワイに行くか、車を買うか、パチンコか、そんなことぐらいしかすることがない。二人の保守系代議士が毎回選挙でしのぎを削っている土地柄だけに、公共事業はいくらでも引っ張ってきてくれる。バブルがはじけた、就職は土砂降りだ、と報道はされていても、まだその実感はこの街にまで届いていない。

札幌《さっぽろ》に行くのは少し気が引ける、けれど、村には仕事がない子、子供ができて近所や親戚に顔向けできないと親に言われた子……そんな行き場のない女の子を優しく受けとめてくれる街だ。自然、母子家庭が多く、それらの家庭に支給する手当が市の財政を圧迫しているという噂だった。

津田島《つだじま》は、広美もまた、そういう事情のある女なのかと思った。

「新しい子よ」

紅美子《くみこ》ママが紹介したのは、白いワンピースを着た女だった。借りものなのか、自前なのか、Vネックで袖《そで》なしのシンプルな形がよく似合っていた。えくぼと透明感のある赤い唇に引き寄せられた。

「ロミちゃんよ。二日前に入ったの」

「よろしくお願い申し上げます。おそれいりましてございます」

おっとりと頭を下げた。ずいぶん丁寧な子だと思った。奇異な挨拶だったが、顔を上げてにこっと微笑まれると忘れてしまった。

過激な店や、若い女ばかりをそろえた店はいくらでもあったが、津田島は地元出身の五十がらみのママが、女の子二、三人とボーイだけでやっている、気取りのない「卑弥呼《ひみこ》」が好きだった。ボックス席が二つにカウンターだけ。それでも、ママの空気に影響されるのか、女の子たちの数は少ないけど、朗《ほが》らかで落ち着いた雰囲気がある。店の面接ではもっぱら子供時代のことを訊くとママが以前に言っていた。両親か祖父母にかわいがられて育った子は間違いがない。逆に恵まれなかった子で店を作っても、それはそれで結構「流行る」が、「そういう子を躾《しつ》けて管理するのが面倒になっちゃったの、あたしも歳《しつ》だし」ということだった。

お通しが少し変わっている。豆腐一丁、とか、サンマの塩焼き一匹とか、らしくないものがどーんと供される。それでいながら、チャージは千円ぐらいと格安で、ボトルを入れれば五、六千円で飲み食いできる。ご飯出してと頼めば「つーさんがうちにくると、急に定食屋みたいになっちゃう」と言いながら、つんと立った白飯をぬか漬のおしんこと共に出してくれた。

「卑弥呼」に行くのはたいてい二軒目か三軒目、仕事関係で飲んだ後一人で訪れることが多かった。仕事の上の飲み会や接待の席、津田島はほとんど食べ物に手をつけることができない性質《たち》で、ここで食べ直すのが習慣になっている。

「つーさん、こっちに座りなさいよ」

一人だからと気を遣ってカウンターに座った津田島を、ママはボックス席に呼んだ。

「でも……」

「いいわよ、今日は空《す》いているんだし」

ママは津田島の後から入ってきた、集団の客の方に行った。

今日のお通しはほっけだった。脂《あぶら》ののったほっけをどんぶり飯で頬張りながら、隣に座った女に話しかけた。

「本名はなんていうさ」

「同じです」きょとんとした顔で言う。

「またまたぁ」

「本当です。広美っていうんです。別の名前を付けても、すぐ忘れてしまいますので。私、バカなんです」

「いくつ」

広美はまわりを見まわして、「二十九です。ママには二十二って言えって言われているので、秘密にしてくださいね」と肩をすくめた。

確かに二十《はたち》そこそこかと予想していたので驚いたが、二の腕のあたりに薄く肉がついているのを見ると、まあそんなものか、と思う。しかし、三十五の津田島にはかえって安心できた。

ふっとそこに手を触れたくなる。女の二の腕は胸と同じ柔らかさだ。二の腕を触《さわ》れば、その女の胸の感触がわかる。中学生の頃、スピードスケート部の先輩がしたり顔で教えてくれたことが頭をよぎって、俺ときたら中坊みたいなことを、と苦笑いする。そんな津田島を、広美は不思議そうに首をかしげて見ている。

「どこに住んでいるの」

「西五条《にしごじょう》です」

「いいところだな、駅前?」

「はい。ママが借りてくれたんです。最初は歩いて帰れるところがいいだろうって。この あたりっておもしろいですね。暖房費と水道代も入って、五万二千円なんて。ママが出し てくださるんですけど」

それを聞いて、ママの広美にかける期待のほどがわかった。

「いいさ。あの不動産屋はママの昔のこれだからどうせぎりぎりまでまけさせてるのさ」

親指を立てる。「それより、おもしろいって、どこが?」よくあるアパートの条件だった。

「だって、部屋代に水道代まで含まれるなんて」

「そんなのめずらしくないよ。畜大のあたりの学生用のアパートじゃ、ガス代も込みなん てのもあるもの。あんた、このあたりの出身じゃないね。どこなの?」

広美は初めて、一瞬考える顔になった。「東京」

「へえ、東京の人がなして帯広なんかに」

津田島はさりげなく目をそらしながら尋ねた。どうせ本当のことは言わないだろうし、 嘘をつくなら顔を合わせてない方が楽だろうと思ったからだ。

「いろいろ……あったんです」

津田島は顔を戻した。広美は困った顔で、眉をへの字にしている。

「ちゃんと作っておいた方がいい」

「え」

「嘘をつくなら、ちゃんと話をこさえておかないとだめさ。これからいくらでも訊かれるんだから」

「……おそれいりましてございます」また深々と頭を下げる。

思わず笑ってしまう。「さっきも言ってたけど、なにさ、それ」

「え」

「おそれいりましてございます、なんて、初めて聞いた」

広美もやっと笑顔になる。「おかしいですか。前に教え込まれたんです。なにか答えに困ることを訊かれたら、そう答えて頭を下げてなさいって」

「誰に」

はっとした顔をして黙ってしまう。

「まあいいさ」肩に手をかけるつもりが、柔らかな二の腕を触ってしまった。なれなれしくし過ぎたかと慌てて手をひっこめる。「怒ってるわけじゃないさ。都会から来たってことになれば、ここらの人間は、皆、なしてって訊く。女は、皆、北海道の奥地から来たのばっかりだ。な。いいとこ、札幌だ。東京から来たってことになれば、誰でも不思議がっていろいろ訊くさ。けど、北海道の人間じゃないなら、下手にその辺の地名を言うと、ぼろが出るからね」

「はい」広美は素直にうなずいた。手を胸の前に組んで津田島を見上げている。「どうしたらいいんでしょうか」

その邪気のないしぐさに津田島はぐっときた。

「まず、あんたが詳《くわ》しい場所かその近くにした方がいいな。どこかないのか。これまで住んだところとか」

「……静岡、とか」

「ふーん。けど、静岡みたいな温暖なところから、なしてこんな寒いとこにって言われっかもなぁ」

「そうですよねぇ。こんなところにねぇ」

こんなところ、とはごあいさつだべ、と津田島は広美の額《ひたい》をふざけてこつんと叩く。すみません、と笑った。

「そうだ。スキーはどうだ」

「スキー？」

「スキーはやったことある？」

「学生時代に少し」

「じゃあ、体育会のスキー部出身でスキーを極めたくてこっちに来ている。アルバイトしながら、いい雪を求めて転々としてる、ってことにしたら」

「あ、それ、いいですね。サーフィンとか好きで、海の家でアルバイトしている人とかいますものね」

「スキーしてるにしちゃ、焼けてないけど」

「それは、こういう仕事しているからちゃんとケアしているってことにすれば。帯広にスキー場ってあるんですか」

「車で一時間行けば、帯広じゃないけど新得《しんとく》にあるさ。本当に雪がいいのは、留萌《るもい》や富良野《ふらの》だけど。まあ、仕事があるからここにしたってことにすれば」

「そうですね」

「東京のお嬢さんが大学でスキーに夢中になって、勘当《かんどう》同然に家を飛び出して、いい雪探して各地を転々としたあと、ここに流れてきた、と」

「スキーにはお金がかかるから、こういうアルバイトをしているという言いわけも使えますね」

「お客さんから一緒に行こうって言われたら、私は体育会なんで、人と一緒に滑《すべ》るのは苦手なんです、とかなんとか言って逃げる」

「ふふふ」

「父親はお医者さんで私を医者にしたかったんですけど、勉強嫌いで、今、実家の病院は兄たちが継いでいます、とかな」

言いながら、津田島は広美の本当の経歴も近いようなものかもしれない、と考える。そこまで思わせる育ちの良さのようなものを感じた。ひいき目かもしれないが。

「なんか楽しいですね」広美は小さな体を弾《はず》ませながら笑う。「人生を作っていくみたい」

「そうか」

本当の人生はそんな簡単には作れない。それは津田島が一番よく知っていることだった。

「ずいぶん、盛り上がってること」

ママが来て、津田島の隣に座った。

「つーさん、優しくて話しやすいっしょ」

「はい」広美がまた素直にうなずく。「私、人見知りなんですけど、お話しできて嬉しかったです」

「そうよね。ロミちゃん、昨日《きのう》も一昨日《おととい》もなんにも話さないんだもの。心配しちゃった。つーさんとよっぽどうまが合うのねぇ」

津田島の方を見て、本当よ、とささやく。世辞《せじ》なんだろうと思ったが、悪い気はしなかった。

「それより、大丈夫かい。混んできちゃったけど、カウンターに移らなくて」

さっきの集団客の後に、二人連れの男たちが来ていた。

「いいのよぉ」ママがまた広美に目くばせする。「あたしの言った通りでしょう」

「はい」広美が微笑む。

「なに」

「つーさん、うちの店の福の神なのよぉ。今夜はだめだなぁ、なんて日も、つーさんが来ると後からお客さんが来るんだもの。さっきつーさんから電話があった時、広美ちゃんに教えたのよ。これで今夜は大丈夫よって。本当になったでしょう」

「はい。びっくりしました」

「だから、これからも来てくださいね、って言わなくちゃ」

あ、と声を上げて広美が立ち上がる。「よろしくお願いします。おそれいりましてございます」

津田島は、また笑わされてしまった。

「ちょっと変わってるけど、いい子でしょう」トイレに立つ広美を、目で追っている津田島に言った。

「変わってるかな。俺には、いいとこのお嬢さんに見えるが」

ママは小さなさざ波がゆっくり広がっていくような、深い笑みを浮かべる。それを見ると、津田島は自分の気持ちをすべて見通された気がした。

「一度、北海道に住んでみたくて内地《ないち》からこっちに来ました、なんて言ってたから、長く続くかどうかわからんけどね」

ママにも本当の理由を言ってないのか、と意外に思った。

「でも、子供は」

「あの子、一人よ」

「またまたぁ」

「本当。家にも行ったけど、誰もいない。間違いないわよ」

店には他にも子持ちの女の子がいたし、ママが嘘をつく必要もなかった。

なんだか、楽しい夜になった。

「ルージュ」を見張っている間、最初は離れた電柱の陰《かげ》に立って隠れていたのだが、一時間二時間と経つうちにだんだん面倒くさくなってきた。どうせ、警戒している人間なんかいない。あおいは店の近くに移動し、民家の植木鉢の脇に座る。今夜も「ルージュ」の中からはカラオケの音やどっと笑う男女の声が時折もれてくる。笑い声はあおいを仲間はずれにしたいみたいに響いた。客が帰るたびに、女が彼らを見送るために出てくるが、あおいに気づいたふうはない。今夜祐理はアルバイトで、来ていないことは確認済みだ。

女が店から出てきたのは、夜中の二時だった。

ドレスなのか、ぴらぴらしたスカートが、薄いダウンコートの下からのぞいている。豪華なドレスとおばさんぽいくすんだ色のダウンの対比がさびしい。

案外しっかりした足取りで、女は商店街の中を歩いて行く。途中、コンビニに寄り、冷たい飲み物を買った。あおいは店の外の暗がりに立って見ていた。女はレジの若者と何やら親しげに話している。常連なのかもしれない。

店を出ると、すぐにキャップをひねり、立ったまま飲む。半分ほどで口を離して「はああ」とため息をついた。その液体が女の体の中にしみわたっていく様子があおいにまで伝わるほど、おいしそうだった。

コンビニの角を曲がって五十メートルほど歩いたところにある、木造アパートが女の家だった。外階段を大儀《たいぎ》そうに上がっていく。二階の角が、彼女の部屋のようだった。

ドアの鍵を開けている。じっと見ていたら、ふいに彼女が振り返った。駆け足で廊下を通り、階段を下りてくる。あおいははっとして電柱の陰に身を寄せた。けれど、女はあっという間にあおいの真正面に立った。

「これから、どうやって帰るつもりですか」

一瞬、誰かほかの人に言っているのではないか、自分の後ろに誰か女の知り合いがいるのではないかと期待したが、夜中の二時にそんなわけない。しぶしぶ柱の陰から出た。

「知らん顔しようかと思ってたけど、女の子が一人で、あぶないでしょう。どうやって帰るつもりなんですか」

「タ、タクシー？」

「金江町までどれだけかかると思っているんですか」

「……いいんです。お金持ってきましたから」

「あなた、なんですか、ストーカー？」

「……たぶん、違います」

「ま、違いますよね」女はまた、あおいの体を上から下まで見る。「私と会ったことありますか？　面接の前までに」

「たぶん、ないと思います」

「そうですよね。私もあなたに見覚えないです」二回、うなずく。「うちの部屋で始発の電車が出るまでいてください。その方が安心です」

そして、どんどん部屋に上がっていく。あおいはためらいながら、女のあとを追った。

六畳の和室に小さなキッチンがついている。きちんと片付いた、ものの少ない部屋だった。

「お茶、淹れましょうか」

「あ、すみません」

女はぱちんと部屋の片隅のテレビをつける。音は絞《しぼ》られていて、ほとんどしなかった。

「テレビをつけるのが、癖《くせ》になっちゃって。これがないと眠れないんです」

「そうですか」

通販番組をやっていた。

電源の入っていないこたつを勧《すす》められた。コートを着たまま入る。

「どうして私のあとをつけるのか話してください」

茶を出しながら尋ねられた。

「……言わないといけませんか」

「そういうものでしょう」

「そういうものですよね」

「私からも訊きたいことがあるんじゃないですか」

「はい」

「じゃあ、自分から話さないと」

あおいは話した。恋人の祐理が「ルージュ」に通っていること、アルバイトで大学の授業もおろそかになっていること、西多摩の小谷理美のこと、祐理の実家のことまで、全部。

聞き終わって、女は深いため息をついた。祐理の上の名前と背格好、容姿などを訊く。

「確かにそういう男の子は来てますね」

「来てますか」

「あんな若い子がどうしてかしら、と思ってはいました。お酒も飲まずにご飯ばっかり食べているし。近所に住んでいて、ご飯を食べるところがないからって言ったような気がしますけど」

「でも、あの……お店って、お高いんですよね？」

「そうですねぇ。まあ、ファミレスや定食屋よりは高いでしょうね。だけど、お客さんっていろんな人がいるので。彼、地方のお金持ちのボンボンかなんかで寂しがり屋で、ご飯を一人で食べるのが嫌なのかな、と思っていました」

「それは違います！」

「そうですよね。こんなかわいい恋人がいたら、わざわざうちでご飯食べる必要はないですよね」

かわいいは嬉しかったが、今はそれにかまっていられない。

「あと、彼のことでなんかわかること、ありますか」

「うーん。カラオケもあんまり歌わないですね。カウンターの端っこに座ってて、いつもにこにこしてて……おとなしいお客さんだから、特に気にもしていませんでした」

「どうして、『ルージュ』を知ったんでしょう」

「うーん」女は目をつぶって考える。しばらくそうしているので、眠ってしまったのかと思った。

ぱっと眼を開ける。「たぶん、たーさんが連れてきたんです」

「たーさん?」

「はい。このあたりの土建屋さんの社長で高橋《たかはし》さんていう方です。あの時は他にもたくさん人を連れてきていて、たぶん、アルバイトかなにかで現場で働いてくれた人たちじゃないかしら。その中に彼もいて」

「そんなアルバイトをする人が、お金持ちのボンボンなわけないじゃないですか」

「そうですよね」女は笑う。「水商売って観察眼がするどいなんてよく言うけど、私は昔からからっきしダメなんです、そういうこと。頭が悪いんです。それにいろんなお客さんがいるから、気にしすぎると飲み込まれてしまうので」

「どうして、彼が『ルージュ』に通っていると思いますか」

「……私、ずっといろんな場所を転々としていたんです。若い頃」

「転々って、旅行とかですか」

「そんな優雅な話ではないけど、どこかで会ったのかもしれません。でも、そういうの、きりがないから忘れることにしたんです」

「きりがないって……」

「思い出さないことにしてます。考えないようにして」

「そんな。じゃあ、祐理君のこと、なんか覚えてるんですか」

「いいえ。覚えてません」女は首を左右に振った。

「本当ですか」

「ええ」

「じゃあ、これからどうするんですか」

「どうもしません。今までと同じです」

「彼からなにか言われたら」

「なにかって」

「ぼくのこと、覚えてますか、とか、なんだろう、なにか」

「覚えてないし、知らないって言うでしょうね。それしかないですから」

「あの」思い切って尋ねる。「祐理君があなたのこと、好きってことないでしょうか」

「毎週のように来てくれるんだから、嫌いじゃないでしょうね」それから、頭をかしげた。

「いいえ、嫌いかもしれません」

「どういうことですか」

「嫌いだから、来る人もいますから」

「そんな、わけわかんない」

「そうですね。でも、お客さんにはいろんな人がいますし、水商売っていうのも大変なんですよ」

「というか、あたしが言いたいのは、祐理君があなたのことを本当に好きかっていうこと」

「つまり、女として好きかっていうことですか？」

「はい」あおいの胸が、痛いぐらいどきどきと波打った。

「それはないです」女が薄く笑う。

「本当ですか」

「私、そういうことには疎《うと》い方ですけど、それだけはないです。私をいくつだと思ってるんですか」

「年齢なんて関係ないっていうじゃないですか」

「でも、とにかくそれはないです。私がもしかしたら、って思ってる理由だとしても」

「もしかしたら、って、やっぱり、なにかわかってるんじゃないですか！」

女はまた微笑む。「あなた、かわいい人ですね」

「え」

「でも、それは言えません。祐理君の事情もあるだろうし、それだけは言えません」

「でも……」

女はあくびをした。「ごめんなさい。明日もあるし、寝ていいですか。私、今日は昼間から商店街の町内会とかあって早かったので、もう、眠くて眠くて。とにかく彼との間に男女の関係がないことだけは確かですから」

「……はい」

女はこたつを少し隅《すみ》に寄せて、布団を一組敷いた。

「あなた、こっちで寝てください。私はこたつで寝ますから」

「あ、いいです。もう、始発が出たら行きますから」

「始発は四時です。では、遠慮なく」

女はこたつの電源を入れて、「出る時は鍵かけて、郵便箱にほうり込んでおいてください」と鍵を置いた。自分は服を脱いでシミーズ一枚で布団にもぐりこんだ。あおいは、見てはいけないと思いながら、彼女の体をつい見てしまう。テニスが趣味の引き締まって日焼けしているあおいの母親とはまったく違う、白くてぽっちゃりした体は女らしく、目が引き寄せられた。

布団を頭までかぶった女は、すぐにすうすう寝息を立て始めた。

あおいの方はまんじりともせず、外がうっすら明らんでくるまでじっと考えていた。明け方、言われた通りに鍵をかけて部屋を出た。今日は美弥の家に泊まっていることになっているから、こんな時間に戻ることはできない。どこかで時間をつぶさなければ。けれど、女の部屋にこれ以上いることもできそうになかった。たぶん、彼女は祐理が「ルージュ」に通っているわけを知っている。けれど、言わない。それはたぶん、彼が言わないのと同じ理由なのだろう。二人は共犯者で、自分はそのカヤの外に置かれていることをひしひしと感じた。そして、恋愛でなくても、何かしらの愛情や好意が二人の間にあることも。

　鍵がかちゃんと閉まった音がした時、あおいは女の名前を聞いていないことに気がついた。

　次に津田島が「卑弥呼」に行った時、驚いたのは、広美が、彼と戯言《ざれごと》のように考えた経歴を使っていたことだ。

　入店した時、広美は別のテーブルについていて、いなかった。カウンターに座ると、津田島の視線に気づいたママが、

「知ってる？　あの子、スキー狂いでこっちに来たんだって」

「え」こっちの方が驚く。

「そうなら、そうと、最初から教えてくれればいいのにねぇ」

　でも、部屋にはスキー板なんてなかったけど、あのアパートには一階に共同倉庫があるからあそこに置いているのかもしれない、とママはつぶやく。

「あんた、スキー部なんだって」

小一時間ほどで隣に座った広美にしらばっくれて尋ねると、うふふふ、と笑った。

「本当に使うなら、もう少しちゃんとリサーチした方がいいさ。本当のスキー好きなら、このあたりの雪でさえ重いって、わざわざニセコのあたりまで行くって言うから」声をひそめて言う。

「ニセコですか」

「俺もよく知らんけど、やっぱりニセコの雪は最高ですねぇ、とかなんとか言うとか」

「はい」上目遣いになって、ニセコ、ニセコ、とつぶやく。

「本当は新得にも行って、一滑りしてくればいいんだけどな」連れて行ってやろうか、と喉元《のどもと》まで出かかるが、最初にスケベ客をあしらうにはどうとか教えてしまった手前、言いづらい。

「車の免許はあるの」

「はい」

「けど、雪道に慣れてないなら、まだ、走らん方がいいっしょ」

「はい。ちょっと怖いです」

「まあ、あんまり話さんで、ぼろを出さないように」

「はい」

それから、新得町は蕎麦《そば》を作っている農家が多くてうまい蕎麦屋があるから、スキーに行ったら蕎麦を食べてきた、と言った方がいい、など、知ってる限りのレクチャーをする。

「まあ、本当にロミちゃんはつーさんが来ると楽しそうね」

ママがカウンターの中から声をかける。

「ふたりで、なにやら、ひそひそ話しちゃって」

「まあな」

「つーさん、独身よ、ロミちゃん」

「そうなんですか」広美が高くも低くも、嬉しくも悲しくもない、平坦な声でうなずく。

思わず、津田島は彼女の顔を見たが、なんの変化もない。本当に関心がないようだった。

「そうよぉ。ばりばりの花の独身よ。それにおっきな牧場持ってる、御曹司《おんぞうし》よ」ママが目を見張る。「すごいでしょう」

「御曹司、違う。ただ、親が遺《のこ》した、牧場に縛られてるだけだ」

よけいなことを言う、と思いながら、まあいずれ知られることだし、と諦めていた。

「へー、そうなんですか。すごいんですねぇ」気のない口ぶりで、広美はあいづちを打つ。

「そうよぉ。津田島さんと結婚したら玉の輿《こし》よ」

ママは客に呼ばれて、カラオケの相手をするため、去っていった。

「牧場って、どちらなんですか」広美が尋ねた。

「八千代《やちよ》だ。わかるか」

「わかりません」

苦笑する。「だろうな。ここから車で四十分ぐらいのとこだ」

「そうなんですか」

「市営牧場があるんだが、そのすぐ近くさ」

「牛乳？」

あやふやな手付きで、乳牛の乳を搾《しぼ》る真似《まね》をする。

「違う。うちは牛肉。乳牛を作るための牛でも、生まれてくるのは、半分は雄牛だろ？」

「はい」

「それを買ってきて、肉牛用に育てて出荷している」

「確かに半分は雄牛ですものねぇ。へえぇ、そういうお仕事があるんですねぇ」

あんまり話したくない、と思いながら、広美が尋ねるまま、答えた。けれど、なんだか、ママが牧場主だと言ったとたん、広美の体温が下がった気がする。まあ、一般的にはきつい職業だと思われているからしょうがないかもしれない。

「それでは、毎日、お休みもなくて大変ですねぇ」

「いや、何人か手伝ってもらってる人もいるし、休みも取れるよ。市営牧場に預かってもらうこともできる。だから、こうやって飲みにも来られる」

「そうですね」

「けど、市営牧場に預けると、牛が痩《や》せて帰ってくるってもっぱらの噂さ」

広美は笑ったが、スキーのことを話していた時のような弾みはなくなってしまった。

本当は、北海道の牧場主や酪農家の妻は夫と一緒に働くのはまれで、ほとんど中小企業の経営者の妻のような専業主婦であることを説明したかったが、言いわけじみて聞こえるような気がして、口にはできなかった。


「お父ちゃん」

津田島が家に戻ると、パジャマ姿の幸太郎《こうたろう》が転げるように走ってきた。

「なんだ、起きてたっけか」

「うん」

「先に寝てろ、って言ったっしょ」

「うん」

見上げる目が青かった。白眼が青く見えるほど美しいとか、青く光って見える、とかではなく、本当に青いのだ。

優しい言葉をかけてもらえるわけでもないのに、幸太郎は津田島の後をついて歩く。わずかでも彼の側《そば》にいたい気持ちがあふれていた。津田島が家にいる間——厩舎《きゅうしゃ》から戻ってきてから朝までの間は片時も側を離れない。三歳なのだから、当然だろう。そんな息子が不憫《ふびん》で、けど、この真っ白な美しい子供をどう扱っていいのかわからない。

「飯、食ったっけか」

「うん。おっちゃんが作った」

「だって、おっちゃん、言ったらダメだ。日村《ひむら》さんと言え」

「だって、おっちゃんが言ったさ。おっちゃんと呼べって」

日村は住み込みで、別棟に住んでいる。父親の代から来てもらってる、六十代の口数の少ない男だった。妻に早く先立たれ、一緒に住んでいた娘が看護師になって札幌に行ってしまってから、うちに来ないか、と誘った。津田島が飲みに行ったり仕事でいない時、幸太郎に夕食を食べさせ、風呂に入れて、寝かしつけてから、自分の部屋に戻っていく。

「歯、磨いたか」

「まだ」目を輝かせて言う。津田島にかまってもらえるのが嬉しいのだ。

津田島は、小さな子供用の歯ブラシを、幸太郎の口に入れて磨いてやる。細い細い顎《あご》は津田島の親指と人差し指ですぐにつぶれてしまいそうだ。歯ブラシはもう反《そ》り返ってしまっている。買い替えてやらねば、と毎晩思うが、家を出ると忘れてしまう。ブラシは半年前、津田島の母親が死んでから、ずっと同じのを使っている。

津田島の指の下の、幸太郎の肌は透《す》き通るように白かった。以前、ウーパールーパーという両生類が流行ったが、あんな感じに本当に頬が透けて、骨が見えてしまうのではないかと思うほどだ。成長すれば、もう少し色が濃くなるのだろうか。髪も生まれたばかりの頃は完全な金髪だったのが、最近、ずいぶん黒くなって茶褐色《ちゃかっしょく》と言っていいほどになった。肌も同じように、日本人らしくなってくれれば。それでも、きっとこの子は、大きくなったらきっとものすごい美少年になるだろう。それがこの子にとって幸福なのか、不幸なのか、津田島にはわからない。けれど、この天使のような子供が、美しければ美しいほど、津田島はどう扱っていいのかわからなくなる。歯を磨き終わると、幸太郎は悲しそうな顔をした。その瞳に、津田島はエリナの影を見る。

津田島がエリナと出会ったのは、農協の役員に連れていかれた、ロシア人の女ばかりを集めたクラブだった。ロシア人といえば、背の高い、骨太の金髪美人ばかりだとまったく興味がわかなかったのだが、エリナは小柄で細身《ほそみ》、他の女に比べるとか細いほどだった。本当かどうかわからないが、津田島の隣についた時は、妹を学校にやるために送金している、と話した。本人も二十歳そこそこなのに。津田島はフランスのなんとか、という女優に似ていると思った。笑わない女だった。ドンペリを入れると言った時だけ笑った。もう一度笑わせたい、と思った時、はまっていた。外国人の女には興味がないと思っていた津田島が、なぜかエリナに夢中になった。数か月でエリナは妊娠し、堕胎すると言うのを強引に家に連れてきた。

家に来たエリナと津田島は、彼の母親の強硬な反対にあった。絶対に入籍はさせないと母親は言い張り、エリナは母屋《おもや》の小さな部屋に閉じ込められた。母親の指示でエリナは百キロほど離れた釧路《くしろ》の病院で、名前を変えぬまま子供を産み、牧場に戻って一週間で姿を消した。津田島が病院費用のために渡してあった百万円と、子牛を買うために用意していた現金二百万円を根こそぎ持って出て、子供は置いて行った。方々探したし、クラブの同僚にも尋ねたが、行方はわからなかった。国に帰ったという噂だが、どうかわからない。今でも北海道のどこかで働いているのかもしれない。

残った子供に、少しでも日本人らしくなってほしいと、幸太郎と名付けたのは母親だ。乳飲《ちの》み子を育てるのは、六十の母親にはきついことだったと思う。母親は幸太郎を決して邪険に扱ったりはしていない。肺炎で死ぬ時は、最後まで幸太郎のことを気にしていた。けれど、誰にも見せたくない、と言って、牧場の外に出さないことを決めたのも彼女だった。役所には届けたが、知り合いの職員に堅く口止めし、家に出入りする手伝いの男たちにも箝口令《かんこうれい》を敷いた。隣家まで二キロ近くあるような場所ではあるし、農協の集まりでもなければ顔を合わせることもない。津田島も誰にも話していない。まったく知られてないわけではないだろうが、少なくとも津田島や母親の前で幸太郎のことを口にするものはいなかった。

一般的に言えば、今年は幼稚園の歳ではあるが、幸太郎の宇宙はこの牧場の中で完結している。使用人たちの中で、幸太郎はなんとなく育って行くだろう。昔は今ほど牧場が軌道に乗っていなかったから母親も牧場で働いていたが、津田島だってなんとか育った。家には厩舎の牛の他に、もらいもののヤギが二匹、犬が二匹、鶏が十羽ほどいて、幸太郎は昼間はそれで遊んでいるようだ。最近、隣家で生まれた猫も二匹、もらってやった。

　幼稚園か保育園に行かせるべきだろうか、と思いながら、送り迎えする人手もないし、何より、これまでいないことになっていた子供、それも青い目をした子供を突然、お披露《ひろ》目《め》するわけにもいかず、津田島は思考を停止させている。そうは言っても、小学校になったらどうにかしないと、とは思っている。全寮制の学校でもあれば……。けれど、自分を唯一のよりどころと思ってしがみついて寝ている幸太郎を見ると、やはり不憫だった。

　広美を入れたのは、正解だった、と「卑弥呼」のママ、斎藤《さいとう》紅美子は思う。入店して二か月だというのに、もうすでに何人か彼女目当てに通ってくるお客さんがいるし、真面目で無断欠勤や遅刻もない。水商売というのは女の子の管理が大変で、毎日、店を開けられるだけの数がそろえられるかどうかが経営者の腕の見せどころである。広美はそういう意味で「計算」できる子だ。紅美子は女の子を見分ける目には自信があった。広美については、水商売が初めてだという点、これまでの経歴がいまひとつはっきりしない点などがひっかかるところであったが、少し話してみてすぐに決め、住むところや軽自動車（紅美子の母親が倒れる前に使っていたもので、裏庭にほってあった）を用意してやった。車の方はまだあまり使っていないらしい。近くの教習所の雪道講習を受けろと口を酸っぱくして言っている。教習所の副所長が店の常連なので雪道教習ぐらいならただで受けさせられるのだから。

広美目当ての客の中には、市役所勤務の朝倉《あさくら》、牧場主の津田島、菓子屋に勤めている中《なか》田《た》などがいる。一番熱心なのは朝倉で、妻子持ちだ。妻とはうまくいっていない、と広美には愚痴っているようだが、紅美子は大型スーパーで家族仲良く買い物をしているのを見かけたことがある。水商売初心者の広美がひっかからないようにさりげなく注意しておいた。まあ、あれに騙《だま》されるほど馬鹿ではないだろう。津田島と中田は独身だ。菓子屋の営業をしている中田はまだ所帯を持つ気はないようだ。上司に連れられて「卑弥呼」に来、こういうところに来るのが社会人になった証とばかりに通ってはいる。まだ、学生っぽさが抜けていない。というか、男になりきれていないものを感じる。ひょろひょろと背ばかりが高くて、広美に会社の上司の悪口を言っているのを見ると、姉弟のようだ。

となると一番質がいいのが津田島だが、本当のところ、彼が何を考えているのか、今ひとつつかみきれないところがある。牧場主、独身、三十五歳という経歴は嘘ではないだろうけど、何か底知れないものを感じる。しかし、そう考えると、広美と津田島は似た者同士なのかもしれない。

とはいえ、広美自身は今のところ、特に誰かに肩入れする気はないようだ。もちろん、水商売の女がいちいち恋をしていたら商売にならないからそれはかまわない。しかし、そこは疑似《ぎじ》恋愛も売り物だ。広美は素直だがそういう雰囲気がちょっと足りない。紅美子はそういう女を「情《なさけ》たらん」と呼んでいる。まさにその「情たらん」なのだ。まあ、まだ二か月だからしょうがないことではある……

「ちょっと、雅恵《まさえ》ちゃん、なにどたっと座ってるのよ。七時に鈴木《すずき》さん来るんだから、全員起立でお出迎えだからね」

開店まで三十分を切っているのに、化粧だけは終えているものの、着替えもしないで煙草を吸っているホステスを叱り飛ばす。雅恵は二人の子持ちで、近くの二十四時間託児所《たくじしょ》にその子らを預けてきたばかりなのだから一服したい気持ちもわからないではないが。

「ママ、ごめん。一本、この一本だけ、ね、ね」

案の定、煙草をくわえたまま、拝むまねをする。そう言いつつ、さっと灰皿に押し付けると着替えに立ち上がった。この素直さが雅恵のいいところだ。夫の暴力で内地から子供を抱えて逃げてきた彼女に、部屋も車も紹介して、ぽんと三十万を支度金に出してやったのは、その美貌と性格を見込んでのことだったが、無駄にはならなかった。

今日は、十勝《とかち》で一番大きなマルスズ牧場の牧場主、鈴木が来ることになっている。まだ五十代であるが、昔からのお得意様で早い時間に来てさっと飲んで帰っていく。きれいな遊び方を知っている人で、顔が広く、どこで知り合ったのか、東京から牧場に遊びに来る芸能人の友達も多いらしい。その中の一人、元東宝ニューフェースの有名俳優を施主《せしゅ》にして、昨年の夏、牧場の一部で競馬を開催した時は、壮観だった。牧場の中を流れる川の河原にずらりと芸能人や著名人たちが並んだのだ。しかし、紅美子が鈴木を大切に扱うのは、彼が情報を持っているからである。

情報というのは、お金と一緒でさびしがり屋だ。持っている人のところに集まる、というのが、紅美子の持論だった。ここに来て、鈴木は紅美子が好きそうな情報、噂話をいろいろしてくれる。そのお返しは金でもなければ、サービスでも、女でもない。やはり、情報でなければならない。紅美子もこの街で起こったこと、聞いたことを耳打ちする。ここで商売する以上、情報を入れておくというのは、何より大切なことだ。水商売はほとんどツケであるのだし。けれど、本当は何よりも紅美子は噂話が大好きなのだ。

「なんかあるかい」

鈴木はたいてい一人で来る。クロークに渡した紺のコートは一見地味なものであるが、最高級のカシミヤ製であることは触ればわかる。こちらの金持ちの多くがそうであるように、鈴木も中高大の学生時代は東京の学校に行っているからなまりがほとんどない。自然、二十代は銀座にいた紅美子もそれにつられた。

「最近、伊藤《いとう》先生の第一秘書がちょっと動いてます」

最初は、テーブルに鈴木と紅美子だけが座って、一通り話すのが常だから、女の子たちも心得ていて誰も近寄らない。

「ほお」ここの保守系代議士の名前が出れば、鈴木が喜ばないはずはない。

「寺田《てらだ》陣営の堺《さかい》市議と飲んでるのを見た人がいます」

「へえ。そりゃ面白いねぇ」

鈴木は口ではそう言うが、もしかしたら、もう知っていたのかもしれない。返事が一瞬遅れた。けれど、おおげさなぐらい驚いて見せる。そういうところが、この男をさらに情報通にしているのだろう。

紅美子がいくつか街の噂を伝えると、鈴木の方も「美波《みなみ》牧場の経営が危ないらしい。空《から》手形を切った、という噂がある」などという話をいくつかしてくれた。これはすぐ明日からでも、この街で使える情報であるから、紅美子は喜んだ。

二人の話が一段落したのを見て、ボーイが広美を連れてきた。鈴木は初めてだから、挨拶させるよう、言いつけてある。

「いい子だね」

緊張しながら、ビールを注ぐ広美を見て、鈴木は言った。

紅美子は注意深く観察したが、やはり、鈴木は広美に関心はなさそうだった。鈴木はなぜか若い女にほとんど興味を持たない。上手に遊びはするがそれ以上にならないのだ。鈴木が興味を持つのは、もっぱら年上の女、それも紅美子なんかよりずっと上の、一般的にはとても女とは言えない人ばかりだった。実際鈴木と長い間関係があると噂されている料亭の女将は、紅美子の母親と同じ年代ではないかと思われるほどの老女だった。そんな趣味を持つなんて、いったいこの男の子供時代に何があったんだろう、と紅美子は時々考える。しかし、それがまた、安心感を持たせて、ここの街の女に好かれているのも事実だった。

広美が席を立つと「あの子ならもう、何人か客がついているんだろ」と尋ねた。

「ええ」

「誰だ」

さすがに紅美子も一瞬ためらった。そして、このような小さな情報にも気を配っているのだと感心もした。

「鈴木さんが知っている人で言うと、市役所の朝倉さん……」

「あれはだめだ。やめておいた方がいい。ケチな男だよ」

「そうですか」

「ああ、あいつには、俺は犬の子でもやらない」

「あっははは」紅美子は思わず笑った。

「ママの笑顔、相変わらずいいね」

「ありがとうございます。それから、八千代のつーさん」

「ああ、しましま牧場の津田島か」

「はい」

「あれはいいが……」鈴木は考える顔になる。「ちょっとおかしな噂を聞いたことがある」

「なんですか」やっぱり、という思いと、あんないい人なのに、という思いが交錯《こうさく》する。

「子供がいるっていうんだ」

「子供？　つーさんに？　独身だと聞いてましたが」

「ああ、そうなんだが、女に産ませた子が牧場にいるって言うんだよ。女はいないから、独身なのは確かだが」

「そうですか。いくつぐらい」

「聞いたのが数年前だから、二つ三つじゃないか」

「ふーん。なんで黙っているんでしょうか」眉間《みけん》にしわが寄っていた。

紅美子はそういう男があまり好きではない。子供がいるならそれでかまわない。そういうことはオープンにして遊べばいいではないか。悪くない男と思っていたのに、がっかりした。

「それが、その子を誰も見たことがないって言うんだ」

「見たことがない？」

「ああ、その牧場で働いている人間以外はな。しかも、一様に口が重くて話さない」

「ふーん。隠すことないのに」

「それがな」

鈴木は紅美子の耳に顔を近づけて何ごとかささやいた。紅美子の顔が驚愕で赤くなる。

その視線の先には、いつものように、ぼんやり客の話を聞いている、広美がいた。


さんざん迷ったあげく、あおいは女と会ったことを、祐理に報告することにした。それで彼の態度が変わるとも、真相を話してくれるとも期待してなかったが、彼のテリトリーに踏み込んだことを黙っているのは失礼かと思ったのだ。それにもしも、女から祐理の耳に入るようなことがあるとしたら、先に話した方がいい。

あおいは、祐理の職場の弁当屋に行った。

弁当屋では以前は大学の授業がない時や夕方から働いていたはずなのに、早朝の清掃と夜の工事現場のバイトを始めてから、昼間はほとんどここに来ているらしい。帰りに廃棄処分の弁当をもらえるのが何より魅力的なのだと前に言っていた。

祐理の住む町の商店街の中ほどにある、ごくごく小さな間口の店だった。大きなチキンカツの入った弁当が二百九十八円、サバ味噌が三百八十円ととにかく安いので、客はひっきりなしに訪れている。店先に立っている祐理の後ろに、店主夫婦が忙しそうに立ち働いているのが見える。以前にも訪ねてきて、彼らに祐理の彼女として紹介されていた。

昼時をはずして訪ねたあおいを見て祐理は驚いていたが、嫌な顔はしなかったのでほっとした。

「あと三十分ぐらいで昼休憩だから、公園で待ってて」と早口で近所の公園の場所を説明しながら、手は忙しく、客から注文された弁当の容器に輪ゴムをかけていた。

公園のベンチに座って待った。園内の木の葉はほとんど落ちて、すっかり初冬の風景だった。今年は夏が終わってから祐理のことに振り回されて、秋をちゃんと認識しないまま冬になってしまったような気がする。

体が冷え切った頃、祐理が弁当屋の白衣にジャケットをはおって急ぎ足でやってきた。手に弁当を二つ提《さ》げている。

「これ、おごり。店長たちから」

開けると、チキンカツ弁当だった。容器をはみ出すほど大きい。

「なんか、悪いね」

「ううん。早く行ってやれって言われたよ。あとこれ」

プラスチック容器に入った味噌汁だった。手に持っただけで温かさが伝わってくる。

「おいしいね」味噌汁に口をつけながら言った。

「うん。おいしいだろ。これを二百九十八円で出すのは大変だと思うよ」

しばらくものも言わず食べた。

「どうしたの?」チキンを半分ほど食べた頃、祐理が尋ねた。

「あのね。ごめんね。私、あの女の人に会ってきた」

「女って」

「あの人。『ルージュ』のママの」

カツを箸でつまんだまま、祐理の顔色が変わる。「なんで、そんなことすんだよ」

「……どんな店か知りたかったし、どんな女《ひと》か知りたかったし」

「そっとしておいてくれって言っただろ」

「だって」

「なんでそういうことするかなぁ。おれら付き合ってると言ったって、別に結婚してるわけじゃないし、なんでそこまで干渉されなきゃならないんだよ。本当になんかむかつくって言うか、うっとうしいなぁ」

「ごめんなさい」あおいは涙ぐんだ。こんなにきついことを、厳しい口調で言われたことはない。

祐理は黙って、味噌汁を飲み、チキンカツを食べた。はあっと深いため息をつく。

「ごめん」頭を下げた。「元はと言えば、おれが悪いんだもんね。それは気になるよね。

ごめん。悪かった」

「ううん。あたしも……」

「話すよ」

「え」

「あの人のこと」

「いいの？」

「あおいがそんなに気にしてるとは思わなかったし」

「ごめん」

「ううん」

それでも祐理は迷っているのか、しばらくカツを箸にはさんだり、離したりしながら、つぶやいた。

「あの人……たぶん、おれの……母親かもしれない」

「母親？　だって、祐理君のお母さん、昔亡くなったって。小さい時亡くなったって言ってなかった」

「うん。そうだけど、それ、たぶん、おやじのうそだと思うんだ」

「うそ？　うそってどういう意味？」

「おれ、末っ子で小さかったからよく覚えてないんだけど、たぶん、母親死んだんじゃなくて、出ていったんだと思う。理由はわからないけど……例えば、男を作ったとかさ。あんまり明かせないような理由で。だから、死んだってうそ言ったんじゃないかな」

「なんでそんなこと思うの」

「母親……あの人が戻ってきた時があったんだよね。おれが小学校に入ったばかりの頃。で、一年半ぐらいしてまたいなくなった」

「お父さんとかお兄さんとかに訊いてみた？」

祐理には兄と姉がいる。

「ううん。訊いたって、違うって言うに決まってる。これまでだって、ずっとうそついてきたんだから」

「でも、もう、祐理君も大人なんだし、お母さんに東京で会ったって言ったら、さすがに教えてくれるかもよ」

「おやじは母さんが出ていった後、しばらくふさぎこんでた。たぶん、二回出ていかれてかなりショックだったんだ。だから蒸し返したくないんだ。それなら、こっちで確かめた方がいい」

「じゃあ、訊いてみたの？　あの人に」

「いや。まだ」祐理は照れ笑いのような笑みを浮かべた。「なかなか言い出せなくて……違うって言われたら、なんか」

「なんか？」

「がっかりだし、悲しい」

「そんなに？」

「……あの人、あんなふうに見えるけど、本当に優しくていいお母さんなんだよ。料理もうまいしさ。一緒によく遊んでくれて、楽しかったなぁ。料理や洗濯を教えてくれたの、あの人だし、野球やりたいって言ったら、何時間もキャッチボールに付き合ってくれたりね。実の母親がどこかで生きているんだって、ずっと思ってた。友達から、母親がいないことをからかわれた時も、あの人がいるって思ってきたから耐えられた。お店で会った時、すぐわかったよ。顔もほとんど変わらないし、声も物腰とかも変わらない。料理の味とかも全部同じだった。なにより言葉遣いが」

祐理は立ち上がってお辞儀をした。「おそれいりましてございます……いつもこう言うんだ」

「確かに」言葉も調子もよく似ていた。

「あんな人、他にはいない」

「だったら、訊いてみればいいじゃない」

「……そうだな。そろそろいいかもな。けど、毎回、行くたびに今日は訊こうと思うんだけど、いつも言い出せなくて」

「そう」

「それに、もしかしたら、新しい家族とか、恋人とかさ、あの人のまわりにもいろいろ事情があるかもしれないし、過去を掘り返されたりしたくないかもしれないだろ。だから、もう少し調べて、とか思ってるうちに半年近くたっちゃった」

「一人暮らしだったけどね」

あおいは面接を受けた時のことと、部屋でしゃべった時のことを話した。祐理は熱心に聞いた。あおいの話が終わると、ちょっと頭を下げた。

「ありがとう」

「そんな。勝手に調べて、ごめん」

「いや、ちょっと安心した。おれじゃ、たぶん、ずっと訊けなかったから」

「じゃあ、彼女に訊いてみる？」

「うん。でもまあ、もう少し」

彼は遠くを見て、微笑んだ。その表情を見て、あおいは自分にはわからないものがやっぱり二人の間にあるのだと思った。あおいの母親は健在だし、結構仲もいい。けれど、母親の話をして、こんな表情になることは決してないだろう。そして怖くなった。これほどまでに彼が求めている母親が、彼を傷つけるかもしれない。この間の彼女との会話では、母親であるとは一言も言っていなかった。

あおいは膝の上の弁当を見た。すっかり冷めきってしまっている。横の祐理は相変わらず、呆《ほう》けたような表情でぼんやり遠くを見ている。あおいは冷めた味噌汁を飲んだ。ごくごく喉を鳴らす。硬くなったチキンカツも取り上げて、大口を開けて嚙みついた。嚙みしめ、ご飯とともに飲み込む。

あたしは強くならなければならない。もしかしたら、祐理が傷つくかもしれない未来、来たるべき時を見すえて、あたしはもっと力強くならなければならない。そして、何があっても、彼を支えよう。

守りたい、祐理を守りたいと心の中でつぶやく。それを飲み込んで、あおいは冷たい弁当をがつがつ食べる。

開店前の「卑弥呼」で紅美子は生花の搬入《はんにゅう》に立ち会っていた。店の花は女の子であるのだから、あまり華美な飾り付けはしない主義だが、カウンターの奥、一番目立つところにひとつだけ、豪華なフラワーアレンジメントを飾るのは紅美子の心意気だった。週に二回、藤丸《ふじまる》デパートのカルチャーセンターで講座を持っているアレンジの先生に来てもらっている。紅美子が好きなのはあまりたくさんの種類を混ぜず、一種類をふんだんに使ったアレンジだった。

花をチェックしている時に、早番の広美が出勤してきた。

「おはようございます」

「ロミちゃん」

紅美子は振り向きもせず、声だけで判断した。

「ちょっと話あるから、着替えたら来て」

「はあ」

広美は小首をかしげ、けれど、「まあいいか、なるようにしかならないし」みたいな表情で更衣室に入って行った様子が、見なくても手に取るようにわかった。

「あのね」

フラワーアレンジが終わったカウンターには小さな花弁や花粉が飛び散っていた。頼まれもしないのにそれを拭いて片付けている広美に話しかける。アレンジの先生は腕やセンスは確かだが、そういうことは一切やらない人だった。芸術家としての沽券《こけん》にかかわるとでも思っているのだろう。

「つーさんのことだけど」

「はい」

紅美子は情報は良いのも悪いのもほとんどの場合、公開することにしていた。それによって、良い結果が出るか出ないかわからないが、知らないよりいい、というのが彼女の主義だ。

「あんたに言った方がいいのか、言わん方がいいのかわからないんだけど、けど、やっぱり、一応、伝えておいた方がいいと思って」

「はあ」困ったように眉をひそめている。

「あの人が独身だとか、玉の輿だとか言ったのは、あたしだし」

「はあ……」

「あの人が独身なのは確かだけど、子供がいるらしい」

「子供？」

「牧場に、三歳になる子供がいるんだって」

その後、農協の人間にしつこく確認して、子供が三歳だということも突き止めた。

「けど、誰にも言わないで、幼稚園なんかにも行かせてないらしい。牧場に閉じ込めたままだって」

「閉じ込める？」

「それが」紅美子は広美の腕を引いて、耳にささやく。店には二人以外誰もいないが、そうせずにはいられない。「白人の子らしい」

「白人？」

「つーさんが、ロシア人の娘に産ませた子らしい。それはそれはきれいで、天使みたいな、白い子供らしいよ。だけど、つーさんの母親がその子を嫌って、牧場から外に出さないって。お母さんはこの間亡くなったけど、子供はそのまま……」

「まあ」広美は両手で頰をはさむ。「かわいそうに」

「そうなのよ。でもね、つーさんだってそれを隠してるって、どういうことなのかしらねぇ。子供がいるって言えばいいのに。あたしはそのこと自体よりも、男が隠しごとをして遊ぶってことがきらいなのよ。朝倉さんだって、あんなんだけど、一応、妻子持ちだってことは言ってるわけじゃない。それなのにつーさんときたら……」

しかし、紅美子は気がつかなかった。広美が彼女の言葉をまったく聞いていないことに。

広美からの電話があった時、運よく家にいた津田島が受話器を取った。

日曜日の夕方、幸太郎の好きな「サザエさん」が始まる時間だった。さすがにまだ、三歳児に内容は理解できないだろうが、動いている画を見ているだけでおもしろいらしい。しかし、時々、笑っている様子を見ると、もしかしたら、この子はわかっているのではないか、と思えることがあった。親の欲目としても、幸太郎はできがいいような気がする。誰も教えてないのに、平仮名なら読むことができるし、一けたの足し算もできる。

そんな時だった。電話が鳴ったのは。

「津田島さんですか。広美です」

「あ、ああ」これまで一度も連絡してきたことなどなかった彼女の声に、喜び以上に戸惑いが大きかった。

「今、八千代牧場にいるんです」

「あ、市営牧場の」

「はい。八千代牧場のレストランにいます」

八千代牧場のあるあたりは小高い丘になっていて、帯広市内が見渡せる。最近、一番てっぺんに展望台ができ、レストランと土産物屋《みやげもの》があって観光客などが訪れるエリアになっている。

「ほお。そうかい」

ふっと眼をやると、幸太郎が心配そうにこちらを見ていた。津田島と目が合うと、すっとそらしてテレビを観ているふりをする。けれど、その白い耳がこちらにじっと意識を集中させているのがわかった。

「すみません。津田島さんのおうちの近くですよね」

「ああ、そうだよ」

「実は……私、車で来たんです。一人で。夕日を見て、ご飯を食べたんですけど、気がついたら真っ暗になってしまって。この道を運転して下って帰るのが、怖くなって……凍ってるし、来るのもやっとだったんです」

「しばれてるものなぁ」

「はい……もう、どうしたらいいのかわからなくって……」

広美の声はかぼそく、涙ぐんでいるようにさえ聞こえる。津田島は振り返ってもう一度幸太郎を見る。やはり憂《う》いをふくんだ目で父親を見ていた。


「申し訳ございません。おそれいりましてございます」

レストランの前で待っていた広美は、何度も何度も頭を下げた。彼女は紺色のダッフルコートに白いミトンをしていて学生のようだった。いつもドレスを着ている姿しか見ていないので逆に目にまぶしい。

「じゃあ、俺の車で送ってくから。車はここに置いていくしかないな。また、昼間にでも取りにくればいい」

「はい。でも、取りに来る時はどうやってここまで来たらいいんでしょう」

「その時はタクシーか、まあ、俺が送ってやってもいい」

「あ、そうしてくれますか。嬉しいです」広美は小さく跳《は》ねて、飛びつくように津田島の腕を取った。

「じゃあ、ここの店長に頼んでこよう。知り合いだから」

いつもと違う広美の様子にちょっとめんくらいながら、津田島は中に入った。車を停めるところはいくらでもあるし、もともと駐車場代はただだ。レストランの店長は快く引き受けてくれた。ただ、一週間以上停めていると、極寒の中でバッテリーがあがってしまうことがあると指摘した。

「一応、この人に車のキーを預けておいたらどうかね」

広美はちょっと小首をかしげた。

「大丈夫だ。このあたりじゃ、あんな車は誰も取ったりしないから」

広美は唇を尖《とが》らして「別に、信用していないわけじゃないんです」とバッグからキーを出した。人の良い店長は、時々、エンジンをかけておく、と請《う》け合った。

帯広までの帰り道、広美は何度も謝った。かまわない、と言いながら、津田島はちらりと幸太郎のことを考えた。日村に預けてきたが、もう寝ているだろうか。たぶん、起きて自分の帰りを待っているだろう。

「津田島さん、牧場にはひとりで住んでいらっしゃるんですか」

ちょうど、幸太郎のことを考えていたのを見透かされたような気がして、どきっとした。

「いや、日村っていう昔から来てくれる人が、離れに住んでる」

「へえ。じゃあ、二人だけ」

「まあ、忙しい時は、若いのが泊まったりするけど」

帯広までは四十分ほどの道のりを、道道《どうどう》二一六号線にのって走った。あたりはもうすっかり暮れていたが、外灯はないので、真っ暗な中をヘッドライトの明かりだけを頼りに走る。

「なんだか、津田島さんと二人きりみたいですね」

「え」

「世界に津田島さんと私しかいないみたい、って思ったの」

思わず、広美の顔を見る。彼女もこちらを見返した。目がうるんでいた。

「津田島さん、前、前」

その瞳の奥を読みとりたくてじっと見ていたら、広美が笑いだして肩を叩いた。

「もう。気をつけてくださいね」

今、なんだか彼女と通じ合ったような気がしたが、気のせいだったのか。

「今日、遅くなったのは」何ごともなかったかのように広美は話し始める。「牧場を見ていたからなんです」

「牧場？」

「うん。私、都会育ちでしょう。ああ、こんなに広いところがあるんだなぁってなんかいい気持ちでぼんやりしてたら、真っ暗になってしまって。日が落ちるのが早くてびっくりしました」

「そういうもんかね。俺らには、子供の頃から見慣れたもんだから」

「牧場っていいものですね。すっかり好きになりました」

「そう言ってもらえるとありがたいが、まあ、見ているのと仕事するんじゃ大違いだからな」用心深く津田島は言葉を探した。

「津田島さんの牧場はどんな感じですか？」

「どんなって？」

「広さとか」

「まあ、八千代ほどはないが、狭くもないよ」

「今度、遊びに行ったらダメですか？　子牛さんも見てみたいです」

どう答えようと迷っていた時、「あ、ごめんなさい。お仕事の方とかいるんですよね。私みたいな、ホステスが行ったらダメですよね」

「いや、まあ……」

なんと言ったらいいのかわからないまま、広美のアパートについた。

「寄っていきますか？　お茶でもいかがですか？」

「いや」そうしたいのはやまやまだが、幸太郎のことが心配だった。「まあ、また、八千代に取りに行く時は言ってくれ」

「はい」素直にうなずく。ちょっともぞもぞしている。

「気にするな」本当はそのために迎えに行ったようなものだが、見栄を張る。「よかったら、また、どこか行こうや」

「はい。じゃあ」

頭を下げて、広美は車を出ていった。彼女が階段を上がっていくのを中から見送る。彼女が見えなくなって、思わず、舌打ちをした。かっこつけ過ぎて、何か大きなものを逃してしまったような気がする。

コンコン、と窓を叩く音がして、慌てて顔を上げた。広美が外から彼をのぞいていた。

「どうした」慌てて、窓を開ける。

「やっぱり、お礼」

「だからいいって」

「これだけ」

津田島の肩に手をかける。すっと顔を寄せてきて、キスされた。

「今日はこれだけ。でも、また、改めてお礼します」

手を振って行ってしまった。

窓を閉めるのを忘れて、津田島は茫然《ぼうぜん》としていた。流れ込んできた冷気に目覚める。窓を閉めた。喜びはあるのだが、あまりにも急激に彼女との距離が縮まって、どこか釈然としない気持ちだった。先週までは、誘いをことごとく断わられていたのに。

けれど、外で会ったからかもしれない、と自分を納得させたのは、柔らかな広美の唇の感触だった。

アパートのドアの前で待っていたら、スーパーの袋をいくつも提げた女がペンギンみたいにちょこまかした足取りで帰ってきた。

「お出迎えですか？」

あおいの前を素通りして、鍵を開けながら言う。

「おじゃまですか」

「別に……また、なんか訊きたいことでも、あるんですか？」

「はい」

「しょうがないですねぇ……どうぞ」

口と違って、女の表情は明るかった。

女が買ってきたものを冷蔵庫の中に入れているのを、勧められたこたつの中から見ている。人参、ジャガイモ等の根菜から白菜を丸ごと一つなど、一人暮らしにしては結構な量だ。

「たくさん買うんですね」さりげなく尋ねる。

「買い物、苦手なんです。できるだけ週一回で済ませたいからいつも買いすぎてしまって、あまって捨てることになって」

「誰か……ご飯を一緒に食べたりするんですか。家に訪ねて来たりして」

女はおかしそうに彼女の顔を見た。「それ、男がいるのか、ってことですか」

簡単に見透かされる。「え。いいえ」

「こういう仕事だからまったく男っ気がないわけじゃないけど、家に入れるような男《ひと》はいません」

「そうなんですか」

「私の男関係を訊いたってしょうがないでしょう」

「すみません」

「あやまるようなことでもないですけど」

ポットのお湯を使ってお茶を出してくれた。買ってきたばかりの歌舞伎《かぶき》揚げを買い物袋から引っ張り出してきて、ばりばりと開ける。あおいの隣に座って、それを口に入れながら、彼女の顔をじっと見た。

「なんですか」

「おいくつでしたっけ」

「はたちです」

「いいですねぇ、お若くて」言葉とは裏腹に平坦な口調だった。

「本当にそう思ってますか」

「思ってません」肩をすくめる。「本当はもうまっぴら、あなたの歳に戻るなんて、と思ってました。けど、それはそれとして、ね……訊きたいことってなんですか」

「……あの。祐理君はお店に」

「相変わらず来てますよ。端っこでウーロン茶か水割り飲みながらにこにこしてる」

「そうですか」では、まだ話してないのだろう。

「行儀のいい子だし、お客様ですから断わる理由はないです」

「わかってます」

「もちろん、私とはそれ以上のこともありません」

「わかってます。彼から聞きました」

「なにをですか」

「……祐理君の本当のお母さんなんですね」

「本当の？　お母さん？　私が？」

「はい」

「彼がそう言ったんですか？」

「ええ」

「本当のお母さんて、どういう意味でしょうか。血がつながってて、彼を産んだのは私ってこと？」

おかしなことを訊く。それ以外に本当のお母さんはいないだろう。

「もちろんです」

「ああ」女は両手で顔を覆《おお》った。「誰がそんなこと言ったんだろう」

「誰も言ってないと思います。でも、彼はそうなんだって言ってました。子供の頃、一緒に暮らして、本当のお母さんなんだって、ずっと思ってるって」

「なんてことを」

「彼、それを確かめたくて、お店に通ってるそうです。だけど、なかなか言い出せないんだって。もし、良かったら、話しかけてあげてくれませんか。彼、あの店に行くためにバイトいくつもしてて大学にも来ないんです。お願いします」

「違うんです」女はつぶやいた。「違うんですよ」

「なにが、違うんですか」

「……私は彼のお母さんじゃありません」

「本当のお母さんじゃないってことですか」

顔を隠したまま、こくんとうなずく。「そんなこと考えてたなんて、思ってもみませんでした」

「じゃあ、どういうことなんですか」

「彼の家に行ったことはあるんだと思うんです」

「行ったことはある……？」

「しばらく暮らしたことはあるんです、たぶん」

「たぶん？　あの。彼のお父さんと、あの」なんと言っていいかわからない。「恋人っていうか、付き合ってたってことですか」あおいのボキャブラリーではそのぐらいの言葉しか思いつかない。

「そういうのとも、ちょっと違うんです」

「どういうことですか」

「前にも言った通り、彼のことをあの家のことも、お父さんのことも、あんまりよく覚えていないんです」

「祐理君の？」

「ええ。たぶん、いくつか行った家の中の一つにいた子ではあると思うんですけど」

「いくつか行った家？　家政婦さんかなんかなんですか」

「そういうのとも、ちょっと違って……」

「いったい、どういうことですか」

「私は……」女は手を下ろす。「これまでいろんな家に出入りしてきたんです……住んできた、って言った方がいいかもしれません。たくさんの家に行きました……なんというか……母親として」

「母親として？」

「母親役と言った方が当たってるでしょうか」

あおいには意味がよくわからない。ただ、女が言っていることが、祐理にとって良いことではないということだけは、なんとなくわかる。胸がどきどきして、痛くなってきた。

「そろそろ、時間なので」

広美が津田島の手を丁寧に外しながら、裸の上半身を起こす。

「ああ」

「今日、お店にいらっしゃいますか？」

「んー、どうしようかな」

「どっちでもいいですけど」

広美が下着をつけていくのを見ながら、津田島はあっという間にこんな関係になってしまったことに驚き、そんな自分をもてあましていた。広美のアパートに通うようになって半月になるのに、どこか慣れない。

八千代牧場に車をおいて来た日から、二、三日で広美は電話して来て、取りに行く日を決めた。金曜日の昼間に取りに行くことになって、広美を牧場まで送った。一人で運転するのはやっぱり怖いと言うので、津田島の車をそこに停めて、彼女の車で市内に送った。ダメもとで誘ってみたら、あっさりホテルに付いてきた。その時は津田島も有頂天で、次の日曜日、幸太郎を日村に預けて、北海道ホテルを取った。帯広一の高級ホテルだが、広美はあまり喜ばなかった。次もどこかホテルを取ろうとしたら、「私の部屋に来ればいい」と言って、部屋に通う仲になった。前回来た時に、合鍵まで渡されている。

この娘はショーツより先にブラジャーをつけるんだな、と津田島は思う。昔、そういう女が他にもいた気がしたけど、誰だか思い出せない。

「俺、店に行かなくてもいいか」

「どうしてですか？」広美は小首をかしげる。

「売り上げがあるだろう」

「そうですけど。うーん。まあ、気にしなくていいですよ」

本当に欲のない娘だ。進んでホテルに付いてきたけれど、何か見返りを求めているわけでもないようだった。それでいて、自分のことを好きだともどうも思えなかった。いったい彼女が何を求めているのか、今一つよくわからない。セックスフレンドを求めているほどセックスに貪欲《どんよく》でもなく、それ自体は淡白なものだった。暇《ひま》つぶし、というのとも違う。しかし、彼女が何も求めていない、というのも何か違っているような気がする。そこがわからない分、こうして彼女の部屋にいても津田島はどこか落ち着かない。

考えすぎなのかな、とも思う。なじみの水商売の女と深い仲になった、と素直に喜べばいいのかもしれない。けれど、それには広美を好きになりすぎていた。

「それより今度、津田島さんの牧場に行っちゃダメですか？」

化粧をしながら広美は何気ない口調で言う。

「うーん」

「あ、もちろん、つーさんと関係があるような態度は取ったりしませんよ、私。都会から来て、牧場に興味ある女の子だって紹介してくれればいいんですけど」

「あー」

「今度の土曜か日曜。ダメですか？」

振り返った広美の目が、ちょっと光っているように見えて、戸惑う。

「土日は……来てくれても誰もいないし」

「じゃ、月曜日は」

「……まあ、また今度な」

津田島は自分も布団から身を起こして、下着をつける。

「うん。じゃあ、今度ね。絶対ですよ」

広美はまた鏡に戻って化粧を始める。牧場にあまり固執《こしつ》してなさそうでほっとした。そろそろ何かアクセサリーが欲しいとか言ってくる頃かな、と津田島はこれまでの経験から計った。それを聞いてがっかりしないためにも、先にこちらから何か贈るか買ってやろうか、藤丸の中にも最近いろいろ高級ブランドができたらしいから。


女の家からの帰り道、あおいは彼女の言葉を一つずつ思い出していた。

「二十五歳ぐらいから二十年近く、母親のいない家を転々としていました」

女は一つ一つかみしめるように言った。

「その家の人たち……お父さんとか旦那さんとかと付き合ってたってことですか」

付き合ってた……またその言葉を使ってしまった。あおいのつたない二十年の人生では、やっぱり、そういう言葉でしか言い表せなかった。それではどこか違うというのは、おぼろげにはわかるのだが。

「そういう人もいたけど、そうでない人もいました」

「男の人と知り合って、付き合って、家に行くってことですか」

「ええ。まあ、なんとなく、成り行きで」

「家にはどのぐらいの期間いるんですか？」

「三年ぐらいいた家もあったし、数か月しかいない家もありました」

「祐理君のことは、本当に記憶にないんですか？　一緒に住んでたのに？」

「うーん。なんと言ったらいいんでしょうか。その家を出てしばらくは覚えているんですけど、また、新しい家で、新しい子供たちと一緒にいると、なんとなく忘れてしまうんです」

　そんなものなのだろうか、とあおいにはよくわからない。あおいはまだ、祐理としか付き合ったことはないけれど、彼と今後どのようなことになっても、きっと一生彼のことは忘れないと思う。

「それはあなたが若いから」女は微笑んだ。

「絶対、あたしは忘れません。忘れたくないんです」

「そう……じゃあ、忘れたかったのかもしれませんね。私はね」

　それから、あおいはいくつか質問したが、結局、よくわからなかった。

例えば「子供のいる家ばかりを選んでたんですか。よく見つかりましたね」と尋ねれば、「だから、成り行きです。なんとなくそういうことになったんです」と答えるにもかかわらず、「それじゃあ、子供のいない男の人と暮らしたことはあるんですか？」と訊くと、「それは、ないですけど」と憮然《ぶぜん》とする。「それでは、やっぱり、子供のいる家を狙《ねら》ってたんですね？」と言うと、何も答えなくなった。

しばらく考えていたあと、「そうね、狙っていたのね」とぽつんと言った。

「子供が好きなんですね？」

「好きというのとは、違うかもしれません。子供がいないと、私は生きていけなかった、から」

「それは好きってことじゃないんですか」

女は首をかしげた。「違うでしょう、たぶん」

「祐理君は一緒にいてくれて、本当にありがたかったたって言ってましたよ」

「それも違う」女は薄く笑った。「助けてもらったのは、私の方です」

「助けてもらった？」

「ええ。だから、祐理君にも、そんなありがたがる必要もないし、気にしないでほしいって、伝えてもらえませんか」

「……わかりました」

「全部、私の勝手でやったことなんだからって」

あおいが部屋を出る時、彼女はリモコンに手を伸ばし、テレビをつけた。その、パチン、という音は、あおいを拒絶しているように聞こえた。

「ありがとうございました」

彼女は振り返りもしない。

「すみませんが、もう一つお尋ねしてもいいですか」

「ええ、どうぞ」

「あの。お名前は」

「……広美です」

「上は」

「たぶん……坂下《さかした》広美だと思います」

あおいはドアを閉めてため息をついた。祐理に話すと言ってしまったけど、いったいどう伝えればいいのだろう。


幸太郎は庭先で、ヤギや犬相手に遊んでいた。友達は今のところ、彼らしかいない。津田島がやたらと買い与えるおもちゃが家の中にはところせましと置いてあったが、それよりもやっぱり動物の方が好きだった。ここ数日、彼は動物を並べる、という遊びに夢中になっている。まずヤギ、その後ろに犬、そして、ニワトリ、最後に子猫。そんなふうにずらりと整列させたいのだ。つながれたヤギはむしってきた草を与えておけば、じっとしている。犬もヤギの側に連れてきて、お座りさせれば三回に一回はしばらくそこにいてくれる。問題はニワトリだ。これればかりはいくら幸太郎がつかまえて犬の後ろに置いても手を離すとすぐどこかに行ってしまう。しかも、下手をすると幸太郎の手や顔をつつく。最後の子猫はただただ、二匹でもつれるようにじゃれるばかりで幸太郎の言うことを聞かない。それでも、彼は飽くことなく、何度も何度も彼らを整列させる。うまくいけば、きっとこの間日村のおじさんが読んでくれた絵本みたいになるだろう。そう思うだけでわくわくした。

白い軽自動車が牧場に入ってきたのは、幸太郎がそんなふうに、ヤギたちを整列させている時だった。はたから見れば、彼が動物たちとじゃれているようにしか見えなかったが。

知らない人が来たら家の中に入れ、とは、父親からも日村からもきつく言い付けられていたことだった。けれど、幸太郎の判断が一瞬遅れたのは、その白い軽自動車が農協の事務員が乗ってくる車に似ていたからだった。それは彼が触れ合うことができる、わずかな外の人間だった。軽自動車のヘッドライトはいつもと形が少し変わっていて、それをじっと見ているうちに部屋に入るのが遅れてしまった。

軽自動車は幸太郎の近くで停まると、中から女が出てきた。幸太郎はびっくりして家の中に入らなければ、と思った。けれど、女が近づいてくる方が早かった。

「君が幸太郎君？」

女はしゃがみこんで、彼の目をのぞきこんだ。

幸太郎はうなずいた。

「私、幸太郎君のお父さんのお友達」

幸太郎はもう一度うなずいた。知らない女と話すのはほとんど初めてだった。

「かわいい子」彼女はつぶやいた。幸太郎が怖がらないようにそっと手を伸ばして頬に触れた。すると、彼女の目からつーっと一筋の涙が流れた。

「なにして、遊んでるの？」それをぬぐおうともせず、女は尋ねた。

「ヤギ」と指さした。「並べるの。犬とトリと猫も」

「ヤギと犬とニワトリさんと猫さんを並べるのね」

「そう」

「ブレーメンね。おもしろそう」

「そう」

うなずきながら、幸太郎は驚いた。この人はどうしてこんなにすぐわかってくれるのだろう。お父ちゃんにもおっちゃんにもわからなかったのに。幸太郎がなんど説明しても、彼らは動物を整列させて遊んでいることや、それがとても楽しいことを理解してくれなかった。

「幼稚園には行ってないの？」

幸太郎はちょっと首をかしげて、うなずいた。

「行きたい？」

首はかしげたままだった。

「幼稚園て、幸太郎君ぐらいの子供がいっぱいいるところよ。お友達がいるのよ」

子供は、テレビの中だけでしか観たことがなかった。

「行ってみたい？」

幸太郎はまた首をかしげて、そして、うなずいた。

「そう。じゃあ、お姉さんが連れて行ってあげる」

彼女は頭をなでた。父親以外の人間にそんなことをされたのは初めてだった。だけど、嫌じゃなかった。

「幼稚園だけじゃないよ。幸太郎君の行きたいところ、全部、お姉さんが連れて行ってあげる」

「違うよ。ここから出たらいけないんだよ」

彼女の目からまた涙があふれた。

「いいのよ。お姉さんが出してあげる。一緒にいろんなところに行きましょう」

彼女はおずおずと彼の肩に手を当てた。そして、彼が怖がっていないことを確かめながら、ぎゅっと抱きしめた。

「もう、一人にしないよ。もう、絶対、幸太郎君を一人にしたりしないよ」

幸太郎には、彼女の涙の冷たさがくすぐったかった。けれど、それは父親のひげの感触と同じでぜんぜん嫌じゃない、と思った。

大学で会った祐理に、ゆっくり静かなところで話がしたい、と伝えた。彼はしばらくあおいの顔を見ていたが、アパートの鍵を渡してくれて、七時には帰る、とにっこり笑った。

相変わらず、彼は大学をサボることも多かったけど、それでも絶対に落とせない専門の授業とかにはちゃんと出席するようになっていて、そういう時を狙えば、会うこともできた。

六畳一間の和室に小さなキッチンとユニットバスだけの部屋。築三十年以上らしいのでさすがに外観はぼろいが、中は意外ときれいだ。一つしかないコンロで、あおいはカレーを作って待った。から揚げと温泉卵は、カレーの材料を買ったスーパーで一緒に購入した。アルバイトで疲れて帰ってくる彼に、少しでも喜んでほしい。それに今日は広美の話もしなければならない。

七時すぎに彼は戻ってきた。カレーを見ると、顔に笑みがいっぱいに広がる。

「おれもプリン買ってきたよ」コンビニの袋を上げて見せる。

「あ、嬉しい」あおいが好きなメーカーのプリンだった。

カレーの上にから揚げと温泉卵をのせると、急に華やかになった。カレー皿はあおいがこの部屋に来るようになってから、百円ショップで二つ揃《そろ》いで買ったものだ。ふちに小花の模様がついているのがあまりおしゃれじゃなかったけど、パスタやオムライスに頻繁に使っている。

「あおいのカレーってすごいよな」

「なんで、普通のカレーだよ」

「から揚げとか卵とかさ。豪華だよな」

豪快にスプーンですくう。五口ぐらいで平らげてしまった。お替わりも二回した。さすがに三杯目は半分だったけど。

プリンを食べようとした時、祐理がぱちんとテレビをつけた。あおいはご飯を食べる時にテレビを観るのが嫌いだった。あおいの家では食事中のテレビは禁止されていて、必ず、母親がショパンやシューマンのピアノ曲を流す。作る人の身になりなさい、テレビを観ながら食べるなんて失礼じゃない、というのが母親の口癖だった。

付き合い始めの頃、祐理はテレビを観ながらでないとなんとなく手持無沙汰《てもちぶさた》で落ち着かないのだと言っていた。それで何度か口げんかになったが、今では主食を食べたあとならつけてよい、という折衷《せっちゅう》案がルールとして定着していた。

けれど、今、プリンを食べながらテレビを観ている祐理に、広美の姿が重なった。

「話ってなに？」

「あの……お母さんのこと」

「ああ」

「ごめんなさい。あたし、また、彼女と会ってきてしまった」

「いいよ」祐理は静かに笑った。「たぶん、そういうことじゃないかと思った。あおいから話があるって言われた時。あの女《ひと》のことか、大学のことか……あおい自身のことか」

「あたし自身のことって？」

「……おれに愛想尽かしたのかと思って」

「違う。それは絶対違う」

祐理はテレビを消そうとリモコンに手を伸ばした。

「いいの。そのままにしといて」

「どうして」

「なんか、その方が話しやすいような気がする」

それであおいは話した。広美のこと。祐理の本当の母親ではないと彼女が言ったこと。さまざまな子供のいる家を転々として来た、彼女の人生について。彼女に聞いたまま話した。祐理は軽くうなずきながら聞いていた。最後に「自分が勝手にしたことだから、感謝してもらう必要はないって言ってた」と付け加えると、うーんと祐理はうなった。

二人ともテレビの画面に目を向けていた。お互いを直視できなかった。ぴかぴか光る画面にどっと笑う観客。テレビには力があるんだな、あおいは思った。話をする時にはテレビを消しなさい、と両親たちはいつも言う。それは、二人がきっとこれまでこんな話をしたことがないからじゃないか。こんなさびしい、テレビをつけていなければやりきれないような、そんな経験をしたことがないからそういうことが言えるのではないか。

「ごめんなさい」あおいは思わず謝った。

「ううん。なんか、この間、あおいと話したあたりから、なんかそんなことじゃないかと思っていた」

「そうなの」

「うん。と言うか……もしかしたら、ずっとそう思ってたのかもしれない。あの人に会った時から。だから、怖くて訊けなかった」

「そう。じゃあ、訊かなきゃよかったね」

「ううん。自分だったらいつまでもそのままだったと思う。でも、それがわかって、その上で先に進める。進んだ方がいいんだ。それがわかった。やっとわかった」

「どういうこと？」

「……母親じゃなくていいんだ。本当の母親じゃなくて、よかったんだよ。最初から。血がつながってなくたってぜんぜん関係ない。あの人は、広美さんは、おれの母親なんだ。たった一人の」

「……そう、なの？」

「優しくしてくれた。親以上に守ってくれた。育ててくれた。それ以上に、なにがある？　おれの母親はあの人しかいないし、あの人が母親なんだ」

あおいはなんと言っていいのか、わからなかった。

「ずっと思ってた。あの人に会いたいって、それでやっと会えた。それだけで十分だよ」

「そう……」

「ありがとう。あおい」

「うん。それなら、良かった」

祐理は残ったプリンを食べ始めた。

「じゃあ」あおいは思いついた。「祐理君も行ってみたらどう？」

「どこに?」

「あの人、広美さんの家」

「え」

「あたしだけ行くのがおかしかったのよ。祐理君も行ってみればいい。話してみれば。もう、こそこそスナックに行く必要なんてないんだから」

祐理は黙ってしまった。手をこめかみのあたりに当ててうつむいた。

「どうしたの」

「……それは、ちょっと」

「どうして」

「だって……もし、嫌がられたら?」

また、悲しくなった。祐理は広美のことを大切に思っていて、彼女に拒否されることがとにかく怖いのだ。

「大丈夫だよ。そういう人じゃないし……まあ、そんなに大歓迎してくれるって感じでもないかもしれないけど、話ぐらいはしてくれると思うよ」

「そうかな」

言いながら、あおいの方も少し迷う。広美が彼を邪険に扱うとも思えなかったが、確信も持てない。

「だけど、わかった上で進める、って言ってたでしょ」

「うん」

「もしも、うまくいかなかったら、それはそれで進めるよ」

「そうかな」

「そうだよ。そうしたら、忘れればいい。お母さんのことは忘れて、他のことを考えよう」

それがこわくて、祐理はこれまで決して邪険に扱われる心配のないスナックに通っていたのだ。あそこは絶対安全地帯だった。そんな祐理が不憫だった。

「あたしが先に訊いてみようか」

「なんて」

「祐理君を連れて行ってもいいですか、って」

「それだってだめだって言われたら、かなりへこむ」

「言われてもいいじゃん。祐理君にはお父さんもお兄さんもお姉さんもいるんだよ。お母さんだけが家族じゃないでしょ」

「そうだな」祐理はやっと顔を上げてうなずいた。「そうだ、なんか、忘れてた。一人暮らししてると、ちょっと忘れちゃうね。なんか、孤独に一人でひたってた。バカだな、おれ。最近、バイトばっかりで連絡もしてなかった」

「あたしもいるし……」

「え」

「あたしも。だめ？　祐理君の家族宣言しちゃだめ？」

祐理は笑って、あおいの頭を脇に抱きかかえた。ちょっと乱暴に。

祐理君のお母さんになってあげるよ、もしも、あの人が拒否したら、あたしがお母さんになってあげる、誰にも祐理君を傷つけさせないよ。

あおいはそう言いたかったけど、それはまだちょっと早い気がした。だから、その言葉は彼のトレーナーの中にしみこませた。


ジープで牧場に戻ってきた津田島はぎょっとした。庭先で広美と幸太郎が、きゃあきゃあ声を上げて、ニワトリを追いかけていた。彼に気がついて広美は彼を見返した。なにしてる……怒鳴りつけようとして、津田島は声を飲んだ。広美の眼の色は強かった。静かで揺るぎがなく、優しくて温かく、そして、挑戦的だった。なんか文句ある？　そう言っていた。津田島が何を言おうと応《こた》えないし、なんでも跳ね返しそうだった。

「おかえりなさい」十年前からそこにいたみたいに、落ち着いた声だった。

「どうしたんだ」やっとそれだけ言った。

「近くを通ったので寄らせてもらいました」広美はにこやかに答えた。さっきの眼の色が嘘のように、微笑んでいる。「そしたら、幸太郎君がいたから、遊んでもらったんです」

「お父ちゃん」幸太郎が津田島の膝に飛びつく。

「僕、広美とご飯作ったの。お手伝いしたの」

「とっても上手なのよ。一緒に食べましょう」

「日村さんは」日村には一足先に帰ってもらって夕飯の準備と幸太郎の世話を頼んだはずだった。

「ご飯、一緒に食べますかってお誘いしたんだけど、自分のお家の方で食べるって言うから、おかずだけ分けてさしあげた」

日村は彼女のことをどう思っただろう。明日、ちゃんと話さなくては。

「手を洗って、ご飯食べましょう」

幸太郎もいるし、とても帰れとは言えない。そこには、もちろん、体を合わせた女に対する遠慮もある。

三人で食卓を囲んで夕食を食べた後、広美は当たり前のように幸太郎を風呂に入れ歯を磨き、寝床まで連れて行った。

「急に来るからびっくりしたっしょ」

風呂上がりで頬を赤くしている彼女が幸太郎のところから戻ってきて、津田島がやっと言ったのがそれだった。

「ごめんなさい」さすがに広美は下を向いた。「だけど、本当にちょうど通りかかったんです。それで」

「あの子のことは秘密なんだ」

「……知ってます」

「誰から聞いた」

「お店の人とか……」

津田島は大きく舌打ちした。いつまでも隠しとおせることではないと思っていたが。

「でも、そんなにたくさんの人は知りません。お店でも私とママぐらい」

「じゃあ、これからも誰にも言わないでくれ」

「……でも、どうするんですか？　これから。ずっとこのままにしておくわけには」

「わかってる」思わず、強い声が出た。「お前に言われなくても、わかってる」

「ごめんなさい」

「いや。けど誰にも言わないでくれ」

「私、時々、ここに来ちゃダメですか？」

「え」

「あんな小さい子が一人きりでいるなんて。私、心配でとてもいられません」

広美は膝を進めて、津田島の近くに来、両手を胸の前で握りしめた。それは初めて会った時に津田島をぐっとこさせたしぐさだったが、今は何も感じられない。

「いや、でも、これまで大丈夫だったし。日村さんもいるし」

「そんな。今まで大丈夫だったのが奇跡みたいなものですよ。幸太郎君に見せてもらったけど、家の裏に小さい川まであるじゃないですか。あそこにはまったりしたら」

広美はぶるっと身を震わせる。

「いや、あそこには絶対に行くなって言ってある」

「だけど、たぶん、行ってますよ。私のことも連れて行ってくれたんですから。子供だもの。行きたくなりますよ」

津田島はまた、思い切り、舌打ちした。

「ご迷惑はかけません。目障《めざわ》りなら、昼間ここに来て、つーさんが戻る前にご飯だけ作って、帰るから。絶対に迷惑はかけないですから。うるさいこと言ったりしません」

「そういうわけに、いかないだろう」

「どうしてですか。私、つーさんになにか要求したりしません。絶対に。つーさんの彼女になりたいとか、奥さんになりたいとか、言いません。思いません。ただ」

広美は何か言いかけて、はっと言葉を切った。

「ただ、なんだ」

「ただ」広美はためらっている。「ただね」

「なんだ」

正座をしていた広美はすっと横座りになって、いざって津田島に身を寄せた。

「ただ、あなたが好きなんです。近くにいたいんです。側にいたいだけなんです。あなたのためになりたくて」

本当だろうか、と津田島は彼女の唇を受け止めながらまだ半信半疑だった。広美はぐっと体をもたせかけてくる。柔らかな体をまさぐりながら、頭の中がぼんやりした。広美がこの俺にそんなに惚《ほ》れているとは思えない。けれど、だからといって、結婚もしない何も求めないと言うなら、まあ、いいかな、とも思う。失うものは今のところ思いつかない。このまま、このなんとなくを受け入れてみようか。

「つーさんに誰か他に好きな人ができたらね」広美は唇を離して言った。「私、すぐ身を引くから。それまでお側にいさせてください」

「そんなこと、あるわけないだろう」

さすがにいじらしく、胸がいっぱいになった。今日、泊まってくか、と尋ねると、嬉しそうに、うんと彼の胸の中でうなずいた。

広美がほとんどアパートに帰らなくなるまで、それからたいした時間はかからなかった。広美は毎日、通ってきたし、夜になって幸太郎が寝てしまえば、やっぱり手を出してしまう。それならもう店もやめてこちらに来ればいいじゃないか、と言ったのは、広美の魅力に負けただけでなく、家の中に女手があるというのは悪くないと津田島が考え始めたためだった。

「卑弥呼」のママには嫌味を言われた。

「あーあ。ものがわかってると思ってた、つーさんにロミちゃんを持っていかれるとはね」大きくため息をついて見せた。「せめてこれからも足しげく通ってもらわなくちゃ、元が取れないわ」

広美にかかった支度金は払う、と申し出たが、「あたしは女衒《ぜげん》じゃありません。紅美子ママがそんなことしたってうわさになったら、恥ずかしくてこの街を歩けませんよ」と突っぱねられた。

「悪いなぁ。もちろん、これからも来るから」そう言いながら、ついつい足が遠のいたのはいたし方ないことだった。

それでも、毎朝、広美と幸太郎の声が台所から聞こえてくるのは、悪くなかった。お父さん、起こしに行こうか。ううん、行かない方がいいよ、お父ちゃんは寝ぼすけクマさんだもん。じゃあ、やめようか……そんな時はもう一度目をつぶっても大丈夫だ。絶対に起きなくてはならない時間には広美が必ず起こしに来てくれる。そういうことが幸せだと感じ始めた。

津田島は料理や家事に注文を付けることはほとんどないが、一つだけ頼んだのは、自分のところの肉を卸《おろ》している生協に時々行って、肉を買ってくることだった。

「お肉、わざわざ買わなくても、うちにあるんじゃないんですか」

広美は不思議そうに尋ねた。

「うちにはないさ。牛は全部、と畜場に送って、こっちに直接来ることはないから」

「けど、そっからちょこっともらったり」

「ばーか」津田島は笑った。「そんなこと、できるわけないっしょ。肉が食べたければ、店に買いに行くしかないさ」

「へえ、なんか変ですねぇ」

「時々食べて味を確認したいのさ。すき焼きでもステーキでもいいから、週に一度ぐらいは買ってきてくれ」

「わかりました」

牛肉の日は日村も呼んで味の確認をした。時には牧場の若い衆も呼んだりした。幸太郎は肉があまり好きではないのかと思っていたが、ただ単に食が細く、硬いものが食べられないだけだった。その証拠に広美の作ったすき焼きならよく食べた。広美は幸太郎用に特別薄く切らせた肉をさらに小さく切って、少しずつ彼の口に運んだ。しゃぶしゃぶという食べ方を最初に教えてくれたのも広美だった。すき焼きよりも肉のうまさがよくわかるし、たくさん食べられる。

「うちの肉は、松阪牛《まつさかうし》や飛騨牛《ひだぎゅう》みたいにさしの入って、ぎとぎとした肉じゃないが、こういう肉こそ本来の肉のうまさがよくわかるんだ」

酒を飲みながら、津田島は機嫌よく持論をぶった。

「そうですねぇ」広美は幸太郎の口に小さく切った肉を運びながらあいづちを打った。

「ヨーロッパやアメリカの人間は、本当にうまいのはこういう肉だって言うそうだよ」

「本当にそうですねぇ」

幸太郎が肉を飲み込むと、広美はいちいち手を叩くようにして彼を誉めた。「幸ちゃん、今日はよく食べたねぇ」

「松阪牛や飛騨牛なんて、あれはもう肉じゃないさ。伝統芸能みたいなもんだ」

「私も、あんなの脂っこくて胸がやけちゃって、一口も食べられません。ここに来て初めて、お肉っておいしいなぁって思いました」

そして、広美は幸太郎に「幸ちゃんのお父ちゃんのお肉は世界一だよ」と言って笑った。

北海道の春は遅い。三月になってもまだまだ零度《れいど》を下回ることはめずらしくない。けれど、その年生まれた子牛たちが運ばれてくる、一番忙しい季節でもあった。広美が改まった様子で津田島の前に正座したのはその頃だった。

「幸ちゃんを幼稚園に入れたらいけないでしょうか」

テレビを観ていた津田島は、黙っていた。

「あの子をこのままずっとここに閉じ込めておくわけにはいかないし」

「わかってる」広美の顔を見ないで言った。「けど、これまでずっと外に出してなかった子をいきなり実はいたんです、って連れてくわけにもいかないだろう」

「……外の人は知ってますよ。全員じゃないけど、知ってる人は知ってます。人の口に戸は立てられません」

「だけど」

広美の言うことは、津田島もわかっていた。けれど、母親が幸太郎を堅固に隠そうとしたことが、いまだに彼の気持ちに恐怖感のようなものを残している。

「私の連れ子ということにしたらいいでしょう」

津田島の心を言い当てるように、広美がずばりと言った。

「そういうわけにはいかないっしょ」

「どうしてですか？　そうしましょう。それならいいでしょう？　私が外国人との間に作った子ということにして」

「けど、どっちにしても、ああいう子はいじめられたりするのじゃないっけか。そしたら、可哀想だね」

「私も一緒に幼稚園に行きます。誰も幸ちゃんをいじめたり、バカにしたりしないよう、ずっと見学させてもらいます」

「そんなわけにいかんだろう」

「いきます。幼稚園に話してみます」

「しかし……」

「あの子は頭のいい子です。あの子には外の世界が必要です。他の子供と触れ合って、たくさんのことを学ぶでしょう。それに」広美は息をついた。「あの子ほど、頭の良い、きれいな子供はどこにもいません。最初はなかなかなじめなくても、一度、友達を作ったら、きっと皆の人気者になれるはずです。だってあんなにかわいい子ですよ。小学校も行かせたいし、英語も習わせたい。あの子はきっともっと広い世界に行く子です。北海道よりもっともっと広いところに」

津田島はびっくりして広美の顔を見ていた。これまでだって、彼女がこんなに話したことはなかった。こいつ、いつのまにこんなことを考えていたんだろう。

「そんなら、お前の好きにすればいい」しぶしぶ、という感じを出しながら津田島は言った。

「ありがとう」広美は津田島の手を取った。「ありがとう。お父ちゃん、本当にありがとう」涙ぐんでいた。

なんだか、本当に広美の連れ子のような気がしてきた。

宣言した通り、広美は幸太郎を幼稚園に入れ、どう交渉したのか、毎日一緒に通うことまで承諾させた。手をつないで登園し、教室の隅や廊下から幸太郎をじっと見守る。一か月ほどで、幸太郎自身から「もう、ママ来なくていいさ」と言われるまで続いた。

「やっぱり、幸ちゃんは頭いいわ。先生の言うこと、なんでもわかるし、お遊戯《ゆうぎ》の覚えもいいし。幸ちゃんと遊びたいって子がいっぱいいるんですよ。いろんなお母さんから、今度、うちに来てくださいって言われちゃって、私、鼻が高かったわ。女の子にも人気あるんですよ。かっこいいって」

保育参観に出席した日の夜、広美は目を輝かして津田島に報告した。

「そうか。良かったな」

そんな子供同士の評判なんて当てにならない、子供は残酷だから将来もずっと友達でいてくれるとは限らない。小学校に行くような歳になればまた変わるだろう……内心、そう思っても、幸太郎に人気があるというのは、悪い気がしなかった。

「英語も習いに行かせたいわ。帯広の英語教室、幼児クラスはないけど、個人授業なら受けさせてくれるって。私が送り迎えしますから。ね、いいでしょ」津田島の膝に手を置いて、広美はねだる。

「まあ、それは、もう少し大きくなってからでいいさ」

それよりも津田島は考えていることがあった。

「籍入れるか」新聞に目を落としながら言う。

「え」

「一緒になるか」

広美がどれだけ喜ぶかと思ったのに、返事はなかった。顔を上げると、ぼんやりこちらを見ている。

「どうした」

「おそれいりましてございます」

彼と目が合うと、広美は急に部屋の端にいた猫を捕まえて膝に乗せた。急につかまれた猫は抵抗して暴れたが、その首根っこを押さえて背中を乱暴になでる。ついこの間まで子猫だった猫は、すでに立派な成猫になっていた。

「なんだ。嫌なのか」

「嫌じゃないけど……それはまだ……早くないですか」

「お前が、結婚したいのかと思ったさ」

「したくないってわけじゃないけど……今はまだ、どっちでもいいわ。幸ちゃんだって急にそんなこと言ったらびっくりするでしょう」

「そうか。ならいいが」

猫がついに広美の手から逃げる。広美はそれを目で追ったあと、無意味に手のひらを閉じたり開いたりして、じっと見つめた。

「そんなこと、気にしなくていいんですよ。最初に言ったでしょ」

「わかった」

津田島は新聞に戻る。広美の反応は意外でもあったし、心のどこかで予想もできていたような気もする。しばらく忘れていた違和感を思い出した。広美への違和感、広美がここにいることへの違和感、広美が作りだす空間への違和感。違う、忘れていたわけではなく、自分の気持ちにふたをしていたのだ。いったいこの女はどうしてここにいるのか。何が目的なのか。俺のことが本当に好きなのか。つぎつぎと疑問は浮かんでくる。もう記事の内容は頭に入ってこなかった。

夫婦なんて、そんなものかもしれない、と津田島は考え直す。家族になったら好いたの惚れたのなんて言ってられない。けれど、広美は家族になることさえ、拒否したのだ。

顔を上げると彼女はもういなくて、座っていた場所にさっきの猫が乗っていた。不思議そうに小首をかしげて津田島の顔を見上げている。

平日の昼間に訪ねて行くと、広美は部屋にいた。

あおいの後ろに立っている祐理を見て、何も言わない。けど、「どうぞ」と体を少し斜めにしてくれた。あおいはほっとした。

広美がいつものようにお茶を淹れてくれて、三人でこたつに入る。テレビは再放送のドラマをやっていた。

「こ、これ。いつも観てるんですか」あおいの方が緊張して口がこわばってしまう。

「はい」

「おもしろいですか」

「まあまあ」

「お茶、おいしいですね」

「駅前のスーパーで買いました」

「あ、歌舞伎揚げとプリン買ってきました」

「ありがとうございます。おそれいりましてございます」頭を下げた。

「ね、祐理君もこのドラマ、観てたんじゃない？　ね？」

祐理はじっと広美を見ていた。食い入るような鋭い視線だった。それでも広美は彼を見ない。肩がいかってこわばっている。それで、あおいは祐理や自分だけでなく、広美も緊張しているのだとわかった。

「……広美さんがいなくなったあと、父はふさぎこんでました」突然、祐理がなんの前触れもなく話し出した。「おれや兄ちゃんや姉ちゃんも声をかけられないぐらい。姉ちゃんはしばらくは広美さんに教えられた通り家事をしてたけど、中学生ぐらいの時にご飯を作ってくれなくなった。もう嫌だって言いだしたんです。自分は中学生なのになんで毎日ご飯を作らなきゃいけないんだって。いっとき、家が荒れ放題荒れました。誰も家事をしないから。部屋も汚くなって、洗濯も皆自分のものしかしなくなって」

広美は手を伸ばしてテレビを消した。そして、祐理の方に向き直った。

「その時、おれは恨《うら》みました。母さん、なんで出て行ってしまったんだ、どうしていなくなってしまったんだって。あと、自分のことも。おれが悪い子だから嫌われていなくなったのかとも思った」

「ごめんなさい」こたつに手をついて頭を下げた。

「違う。おれらはちゃんと気づいたよ。それを広美さんのせいにするのは理不尽なことだって。家事をしない自分が悪いんだから。姉ちゃんは高校に入って落ち着いて、また家事をしてくれるようになりました。兄ちゃんが卒業したあと嫁さんもらって、その人が家の中をやってくれるようになったしね」

「そうですか。よかった」

「だけど、家の中が落ち着きだしたら、広美さんが家事のために必要だったわけじゃないって、もっとさびしくなった」

「え」

「母さんは家政婦じゃなかった」

祐理はこたつから出て、広美の横に正座した。

「お久しぶりでございます」手をついて頭を下げた。「その節はお世話になりました。今でも、感謝しています。おそれいりましてございます」

「礼儀正しいんですね」

「きちんとした挨拶はこうするんだと、教えてもらいました」彼はもう一度、手をついて頭を下げた。「夕飯に好きなおかずを作ってもらえなかったので、怒って広美さんを叩いたら、ものすごく叱られて、謝ったり挨拶したりする時はこうするんだと教えてもらいました」

「………」

「夕飯の前にジュースはいけんと教えてもらいました。チラシを正方形に切って折り紙にする方法を教えてもらいました。菜の花と桜の花は一緒に咲くのだと教えてもらいました。

学校に行ったら先生の話をよく聞くんだと教えてもらいました。ホットケーキの作り方を教えてもらいました。毎晩、宿題を一緒にしてもらって勉強をする癖を教えてもらいました」

祐理は言いながら涙をためていた。

「本当に感謝しています。ありがとうございました。会いたかったです。ずっとずっとどこかで会えないかと思ってました」

「そんなふうに言ってもらえるのはありがたいですけど、私、あなたのことを本当にあまり覚えてないんです」

広美は戸惑った笑みを見せた。

「わかってます。あおいに聞きました。それでもいいです。これから時々、ここに来させてもらえませんか」

「なにをしに」

「話したり、ご飯食べたり」

広美は手のひらを閉じたり開いたりしてじっと見ていた。迷っているように見えた。

「たとえ、もう二度と会えなくても、おれは広美さんを母親だと思っているし、ずっと感謝しています。今日はそれを伝えに来ました」

「こんなことを言ってもらって、いいのかしら」小さな声でつぶやいた。「私はひどいことをしたのに」

「お願いします」

大きくため息をついた。「わかりました。いいですよ」

「ありがとうございます」

「こたつに入って。寒いでしょ」

祐理は素直にこたつに入った。

「ご飯、食べていきますか？」

「いいんですか」

「たいしたものはないけど……もらいものの西京漬《さいきょうづけ》がたくさんあるので、余ってしまって困ってるんです」

「じゃあ、いただきます」あおいが急いで答える。

「じゃあ、お米とがないと」よっこらしょ、と広美が立ち上がる。「男の子は食べるから、四合は必要ですね」

台所に立つ広美を、祐理がじっと見ていた。

「お店はいいんですか」

「今日は新しく入ってくれた子が店を開けてくれてるから……でも、七時には行かないと」

「なんか手伝いますか」あおいが尋ねる。ものすごくほっとしていた。

「それほどのもの作りません。ご飯と魚と卵焼き……味噌汁」

ああ、漬け物もあったか、男の子はキムチの方が好きなのよね、キムチの素《もと》まぜようか……お肉が少しあるから生姜《しようが》焼きもしようかしら……つぶやいている広美を見て、あおいは祐理たちと彼女の生活をかいま見た気がした。

それから、あおいと祐理は時々広美の家を訪れるようになった。

一緒のことが多かったが、祐理一人のこともあったし、あおい一人のこともあった。広美の態度は最初から変わらなかった。喜んでいるふうでもないけれど、嫌がっているようでもない。そして、あおい一人の時には、これまで行った土地の話をぽつんぽつんとしてくれることもあった。同居した家の話はしないが、その地方のことは、多少覚えているらしかった。でも、それをさらに深く掘り下げようとしたり、こちらから突っ込んだ質問をすると黙ってしまう。そして、祐理にさりげなく確認した様子では、彼にはそういう過去の話はしていないみたいだった。それが、あおいが同性だからなのか、部外者だからこその気楽さから来ているのか、はたまた、気まぐれか偶然なのかはよくわからなかった。

あおいの方はこの不思議な祐理の義母を少しずつわかるようになってきた。いい加減な人だし、高尚《こうしよう》なところもまったくないが、悪い人ではない。目の前のことしかわかろうとしないし、信じていない。たいていのことは、まあいいや、という感じに、どうでもよくなってしまう。

彼女の家で三人でご飯を食べてテレビを観ていると、本当の家族のような気がする。だけど、考えてみると、誰も血はつながっていない他人なのだ。

それでも、まあいいや、とあおいも思うようになった。テレビを観ながらご飯を食べることと同じように、広美と付き合うようになって、あおいもだんだんそういうことにいい加減になってきた。

考えてみれば、祐理にとって広美は義母なのだから、あおいにしたら「義義母」なのだ。祐理とは一年半ぐらいの付き合いなのだから、さらに義義義母ぐらいかもしれないな。いや、別に彼と結婚してるわけではないのだから、やっぱり赤の他人なのか。そんなふうに思って、あおいは一人笑ったりする。

そうしているうちに、冬が終わり、あおいと祐理は大学三年と四年になった。


別れの時は、幸太郎が小学校に行く前にやってきた。

なんのことはない、津田島に新しい女ができたのがその原因だった。帯広の喫茶店に勤めている女だ。市役所の近くにあって、時々打ち合わせで使っていた。その喫茶店の店主の遠縁の娘で、二十五歳。化粧気がなく、いつもタートルネックのセーターにジーンズという質素な服装だが、そこにエプロンをかけて腰のあたりできゅっと結んでいると、腰のきれいなラインが目を引いた。

いわゆるバレンタインデーのチョコレートをもらった。義理チョコかと思って、三月にお返しをしたら、そっと手紙を渡された。そこに「津田島さんが好きです」と書いてあった。その時初めて、彼女が優子《ゆうこ》という名前だと知った。まるで学生のような告白に、心の奥底がぶるっと震えた。

自分はこういう気持ちに飢《う》えていたのだ、と優子を誘ってホテルに行った帰りにわかった。彼女はベッドの中で何度も「津田島さんが好きなんです」と言った。正直、それまで彼女を女として意識したことはなかったが、限りなくいとおしいと思った。

誰かに愛されたかった。エリナも広美も好きだったが、彼のことを必要としてくれたことはない。

半年ほど関係を続けて、広美に話した。話の途中で、彼女は「もう、いいです」とさえぎった。「よくわかりましたから」

「そうか」

「ただし、条件があります」

「なにさ」

「その人に会わせてほしいんです」

「なして」

「幸ちゃんの母親になれるかどうか、確かめたいんです。いろいろ話したいこともあるし」

津田島がためらっていると、

「大丈夫。絶対、その人を責めたりしません。ただ、どんな人か知りたいだけですから」

と微笑んだ。

二人の会談は、誰にも見られないよう、帯広から車で三時間ほどかかる、釧路の喫茶店で行われた。優子は自分の車を運転して来て、広美は津田島が送って行った。

「大丈夫か」

行きの車の中、黙って正面を向いたままの広美に、彼は思わず尋ねた。

「大丈夫」彼女は微笑んだ。「ただ、考えてたんです」

「なにを」

「つーさんと初めてドライブした日のことを」

確かに、それは、彼女と八千代牧場で会った時以来のドライブだった。

「三八号線、使うの、久しぶりね」

二年以上一緒にいたが、ここを使ってどこかに出かけるようなことは数えるほどしかなかった。ここを通らなかったということは、帯広をほとんど出なかった、ということだ。帯広どころか牧場の外から出ることもなく、幸太郎の世話をさせて終わってしまった。

「スキーにも一度も行かなかったな」

広美は声を上げて笑った。「体育会スキー部なのに」

二人が話している間、津田島は店の駐車場で待っていた。一時間ほど経って出てきた時、広美は優子の肩を優しく叩いていた。何度か店の前でお辞儀をし合って、広美は優子に手を振って車に戻った。優子は一瞬、車の中の彼を見た後、軽く手を上げて自分の車に戻って行った。その表情からは何も読みとれなかった。

「どうだった？」

車に戻った広美に津田島はせき込むように尋ねた。

「いい人ですね。安心しました」

「そうか」思わず安堵《あんど》のため息をついた。

「若いけどしっかりしてるし、保母さんになりたかったぐらい、子供好きなんですって。それに……」広美は津田島を見た。「あなたのことを本当に愛してる。それもよくわかりました」

「すまない」

「いいえ。私も申し訳ありませんでした」

それから、ほとんど話さずに家まで戻った。

あとから、優子に聞いたところによると、広美はいくつか条件を出したらしい。喫茶店をやめて専業主婦になること、幸太郎に今の習いごとの英語とサッカーを必ず続けさせること、できたら、早いうちにコンピューターも習わせてほしい。自分の子供ができても絶対に幸太郎を邪険にしたりしないこと。以上のことがなされているか確かめるために、彼の誕生日には広美から電話をする。もしも、彼が不幸になっていたりしたら、すぐにここに戻って幸太郎を連れていく、と。

「津田島さんたち、本当にここ半年ぐらいはセックスしてなかったんだってね」優子がはにかむような笑みを見せながら、言った。

「あいつ、そんなことまで話したのか」

「うん。私たちはもうずっと男女の仲じゃない。津田島さんは女として私のことを好きなわけじゃない。だから、私に嫉妬《しっと》なんてしないで、幸ちゃんをかわいがってほしいって」

それを聞いた時、津田島の胸になんとも言えない感情が広がった。可哀想なやつ。あいつこそ、本当は誰かに愛されたかったんじゃないだろうか。

最後の日、広美は彼が前年に買ってやった赤いマーチに乗って出ていった。何もいらないと言うのを、それだけは持って行け、北海道で車がないのは足がないのと同じだから、と強引に持たせせた。まとまった現金を、前夜にグローブボックスの中に入れておいてやった。

彼女が選んだのは、幸太郎が幼稚園に行っている時間だった。会わなくていいのか、と尋ねたが、首を振った。

「幸ちゃんがさびしがらないように、今夜から優子さんには来てもらってください」

「わかった」

「おそれいりましてございます」

お辞儀だけは丁寧だったが、振り返りもせずにさっと車に乗って、牧場を出ていった。

その後、数年して、津田島は優子に訊いたことがある。あれから、広美からの電話はかかってきているのか、と。

「そうねえ、一度はかかってきたけど」優子は首のあたりをぼりぼり掻《か》きながら言った。第二子を産んだあたりから、めっきり太ってしまって、昔、エプロンの結び目から見え隠れしていた腰付きの面影はない。

「それから、かかってないわね」

そうか、と津田島はうなずいた。意外なような気もしたし、そんなものだろう、という気もした。

3　免許証を盗み見た

帰宅すると、見慣れない女と娘の愛海《まなみ》がソファでテレビを観ていたので、新藤幾太《しんどういくた》は仰天した。愛海は彼女のわきの下にもぐりこむような姿勢で、完全に体をあずけている。

「あ、幾太君」

女の方が落ち着き払っていた。ゆっくりと立ち上がると、深々とお辞儀をする。

「お帰りなさいませ」

幾太はびびりながら、首の先だけこくっと下げた。

「この間のお詫びのご挨拶に来ました。母屋の方に行ったら、お母さんが今日は戻ってくるっておっしゃるから、こちらで待たせてもらいました」

女が北海道では有名な銘菓《めいか》の菓子折の入った紙袋を指さしたので、やっと思い出した。一週間ほど前、この町で、幾太の車と接触事故を起こした女だった。確か、広美という名前じゃなかったか。

「改めて、申し訳ございませんでした」

「いや」

「車なくて不便じゃないですか」

幾太の車は今、修理に出している。再来週返ってくる予定だ。

「いや」

「私、自分の車で来たんです。何か、必要なことがあったら言ってください。買いものとか」

また、首の先だけ下げた。別にいいです、大丈夫です、という意味のつもりだった。

「それ、なんですか？」

謝罪は終わったと思ったのか、幾太が提げているビニール袋を指さして広美は尋ねた。

「秋じゃけ」

「獲《と》ってきたんですか」

幾太は今、秋鮭漁の船に乗っている。そこで獲った鮭の、傷ものを貰《もら》って来た。

「見せてもらっていいですか。私、秋鮭って初めてなんです」

黙って袋を開けると、首をつっこんで見ている。「すごい。大きいですね。丸々太っておいしそう。母屋には持って行きましたか」

「さっき、半身だけ」

「これ、今夜食べるんですか？」

うなずく。

「私、秋鮭は食べたことがないんです。やっぱり、このあたりでは石狩《いしかり》鍋にするんですか？」

「いや。面倒だべ。焼いて」

広美は愛海を振り返る。「愛海ちゃん、焼くのと鍋とどっちがいい？」

小学校一年生の愛海は、テレビに目を向けたまま、「わからん」と言った。

「鍋にしませんか？　私、お母さんに訊いて来ます、作り方。今回のお詫《わ》びも兼ねて、作らせてください」

そんなこと、気にしなくていいから、と言う間もなく、広美は母屋に行ってしまった。

広美と会った日のことを思い返した。中学時代の仲間と町に一軒しかない居酒屋で会っていた。車の運転をする幾太は飲んでいなかったが、友人は皆酔っぱらって大騒ぎだった。外からがちゃん、と大きな音が聞こえて慌てて出ていくと、傷ついた幾太の車と、赤いマーチ、青ざめている女が立っていた。マーチは向かいのレストランの駐車場から出ようとして、停めてあった幾太の車にぶつかったらしい。広美が携帯電話で警察に連絡すると、近所の駐在所まで車を並走して行くように指導された。

「申し訳ございません。おそれいりましてございます」

彼女は平身低頭、謝った。幾太は、そんなに気にしないでもいい、と言いたかったが、

うまく言葉が出なかった。相手がなかなかに美しい若い女だということもあるが、何より

きれいな標準語と言葉遣いに圧倒されてしまったのだった。都会の女だと思った。

駐在所でも、広美は何度も頭を下げた。幾太はやっぱりうまくしゃべれなかったけど、中年の駐在が仲介してくれたので、なんとか話はまとまった。電話番号と自宅の住所を幾太は教えた。

広美は母屋から大きな土鍋と白菜とジャガイモを抱えて戻ってきた。幾太の母に借りたらしい。

「幾太君のお母さま、もう、寝るところだっておっしゃってた」

「明日、昆布あるから」

「うん。そう言ってらした。朝二時に起きるんですってねぇ」

幾太は秋鮭だが、実家は日高《ひだか》昆布をやっている。早朝、父親が船であげてくる昆布を暗いうちから一枚一枚広げて天日で干す。大変な仕事ではあるが、このあたりの昆布は最高級品として、東京の築地《つきじ》に卸され、料亭やホテルで使われている。

「この白菜もジャガイモも、近所の人にもらったんですって」白菜をざくざく切りながら、広美はつぶやく。「北海道って、本当に食べ物には困らないところですね」

味噌で鮭と白菜とジャガイモを煮て、バターを落とす。久しぶりに手の込んだ料理で愛海もよく食べた。

「私ね、幾太君のこと、最初、すごい怖い人かと思ったんですよ」

愛海の鮭の骨を丁寧に取ってやりながら、広美は笑う。

「車ぶつけて、こっちが必死に謝ってるのに、幾太君なんにも言ってくれないんだもの。じーっと黙って、そんな恰好《かっこう》してるし」

幾太は、自分の服装を見下す。袖を切ったTシャツに、やっぱり膝から下を切ったジーンズ。おしゃれのためではない。どちらもボロボロになってしまって、しょうがなく袖や裾《すそ》を切っただけだ。シルバーのネックレスとピアスは札幌に行った時に、デパートの店員に言われるがままに買った。

「髪はそんなんでしょう」

思わず、短髪をつかんで笑ってしまった。友人で同じ船に乗っている丈朗《たけろう》と脱色し合ったものだが、海風にさらされて金髪のようになってしまっている。

「よく日焼けしているし、がたいもいいし。渋谷のチーマーみたいないい男が、むっとしてなんにも言わないでしょう。本当に怖かったです」

「いい男て、なんも」はにかんでうつむいた。そんなことを言ってくれるのは、風俗の女ぐらいだ。

「いい男よ。幾太君。もてるでしょう?」

「なんも」悪い気はしない。

「幾太君、もしかして気がついてないんですか？　あなた、かなりいい男よ。そのまま渋谷の街歩いても、ぜんぜんおかしくないぐらいすてきよ。おかしいどころか、女の子がたくさんついてきちゃいますよ。いやだ、本当に気づいてないのかしら」

「もてねぇべさ」

小学生の頃は一、二度、告白されたことがあるが、中学生になった頃からは、口下手で勉強もできない幾太は相手にされなかった。愛海の母親のよし子以外は。

「車も不良の乗るようなタイプでしょう？　これはもう、ヤクザかチンピラかもしれない、なんか、法外な要求されたらどうしようって、そればっかり考えてました」

「悪かった」

「だけど、代車が必要でしょう、って言ったら、ほらあなた駐在さんになんか耳打ちして、駐在さんが『ずっと漁に出てるからいらね、って言ってる』って断わってくれたでしょ。あの時、あれ、いい人なのかしらって思ったのよ」

そんなこと言ったっけか？　幾太はあまり覚えていなかった。

「こういう時はなんでもできるだけ要求するのが普通なのに。駐在さんも遠慮するな、って言ってたのに、本当にありがたい、いい方だなぁ、なんも言わないのはきっと無口なんだろうとわかって、ほっとしました」

食べ終えて愛海が寝てしまうと、なんでもないことのように、広美が言った。

「泊まってっていいですか？」

すでに十時をまわっていた。

「いいけど、明日、俺はまた漁だべ」

「船はどこから出るんですか？」

「門別《もんべつ》」

「遠いんですね。車で送って行きましょうか」

「友達の丈朗が迎えに来てくれるから」

「いつ戻ってくるんですか？」

「一週間後」

「その間、愛海ちゃん、どうしているんですか？」

「母屋行ったり、ここにいたり」

「え、一人で？　心配じゃないんですか？　昆布の間は、お母さんたちは朝早くて、夕方にはお休みになるんでしょう？　あの子、一人になってしまうんじゃ……」

「うん」

「愛海ちゃんのお母さんは？」

「札幌」

「すすきの？」

答えなかった。

「幾太君、おいくつ？」

「二十七」

「若いんですねぇ」

「……広美さんは？」初めて自分から尋ねた。

「二十八……九だったかなぁ？　もう忘れました」

驚いた。年下かと思っていたから。

「じゃ、このへんで寝かしてもらいますね」

居間のソファに幾太が掛け布団を運んだ。


祐理は教員志望なので三年の時にも就職活動に関心はなかったが、あおいはそういうわけにはいかない。まわりはスーツ姿の三年生が多くなってきて、あおられているような、落ち着かない日々が始まった。友人たちも、毎日就活のことばかり話している。美弥だけは「いくら話したって、就職活動がなくなるわけじゃないんだから、もうやめやめ」とさえぎるが、そんなのは少数派だ。皆、それだけしていれば少しは安心できるかのように話題にする。けれど、海で遭難した人が海水を飲んでさらに喉の渇《かわ》きを増すように、話せば話すほど不安は募《つの》る。

　あおいはまだ、将来を決めかねながら、企業をまわっていた。祐理と結婚したいと思うけれど、もちろん、働くつもりではあったし、彼が教員や公務員になるなら安定性はあるものの給料はあまりよくないのだろうから、一生共働きになるかもしれない。ならば、それができる場所で勤めたいと思うが、これからの時代、そんな贅沢《ぜいたく》を言っていられるかどうかもわからない。

　祐理は広美の家に直接行くようになって深夜のアルバイトはやめた。大学の授業にも以前のようにちゃんと出席するようになった。そして、弁当屋のバイトに新しい男性が入った。弁当屋の主人は、祐理がこれからどんな進路に進むにしろ、だんだん忙しくなるだろうから、と人員を増やしたのだ。彼が入店した日、祐理はバイトが終わってから飲みに行ってすっかり意気投合したらしい。

「おもしろい人なんだよ」

　久しぶりに、あおいの就活がない日、祐理は学食でその人について説明した。「歳はおれと一つしか違わないんだけど、宮城県出身でさ、高校卒業後こっちに出てきたんだって。フリーターやりながらお金がたまったら海外でぶらぶらしたり、沖縄の方に住んだりしたこともあるんだってさ」

　祐理は自分で作ってきたおにぎりにかぶりついていた。あおいは母親が作ってくれた弁当のおかずを、おにぎりを包むアルミホイルの上に置いてやった。飲み物だけ買えば、手持ちのお弁当を広げていても学食を追い出されない決まりだ。広くて日当たりのいいその場所は、あおいと祐理のお気に入りだった。

「あ、わりぃ……なんか、大人なの。大学の友達とかともちょっと違ってさ」祐理はあおいの母親が作った大学芋を頬張る。

「どう違うの？」

「なんて言うか……大学の友達は、就職しないと、正社員になれないと終わり、人生終わりみたいなとこあるでしょ。そういうのないんだよね。人生、なんとかなる、って思ってるみたい」

「そうなんだ。なんかうらやましい。あたしたちも最近その話ばっかりだもん」

「三年も大変だよなぁ」

「毎日、つらいよ」

「わかる、わかる。三年の時、おれのまわりもそうだったから」

「祐理君の教員採用試験はどうなの？」

「公立はどこも募集少ないしなぁ。一応、先生に私立の募集もあったら声をかけてくださいってお願いしているけど」

「まあ、しっかり勉強した方がいいよ」

「わかってる。そうそう、それでその人にね、彼女いる？　って訊かれたから、あおいのこと話したら会ってみたいって。向こうも女の子連れてきて、一緒に飲もうって」

「あたし？」彼女として紹介されるのは、なんか嬉しい。けれど、見知らぬ、学生でもない人に会うのは不安もあった。「大丈夫かな」

「大丈夫。すごくいい人だし、話しやすいよ。就活の息抜きにどうかな？」

話はとんとん拍子に決まって、次の週末に渋谷のチェーンの激安居酒屋で四人で飲むことになった。

フリーターの秋夫《あきお》は二十三歳、祐理も身長百七十五センチで背の低い方ではないが、頭ひとつ分高く、がっちりしている。確かに頼もしそうな感じで、精悍《せいかん》な顔つきをしていた。秋夫が連れてきた美奈子《みなこ》は目鼻立ちがくっきりしていて、小柄なのに胸が大きい。浅黒い肌がコケティッシュさをさらに強調していた。

「あおいさんって、祐理君に聞いた通りの人だね」席につくなり、秋夫が話の口火を切った。

「そうですか」ちょっと笑顔がひくつく。「なんて言われてたのかなぁ」

「一見、妹みたいだけど、しっかりしているって」

「そんなぁ」

「ほんと、しっかりしている感じ」秋夫はかたわらの美奈子を指差した。「美奈子はまだ子供だから、よろしくね」

美奈子は丁寧に頭を下げた。さらさらの髪が肩から滑り落ちたのを、ゆっくりとかき上げる。きれいな人だなぁ、とあおいは感心してしまう。すごい美人というわけではないが、ニュアンスのある人なのだ。子供どころか、すごい大人に見える。

「美奈子さん、歳は？」

「十七です」

「え」あおいも祐理も一緒に叫んでしまった。

「おれら、同郷なんだよね」秋夫は簡単に説明する。「同じ市の隣町なの。美奈子は学校をやめて、働いている」

「じゃあ、故郷にいた時からずっと知り合いなんですか」

「うん、まあ」秋夫はメニューを取り上げて、それ以上話さなかった。

から揚げやポテトフライなど、量が多くて安いものをいくつか頼むと、なんとなく四人顔を見合わせる。どんな飲み会でも、そういう瞬間が、あおいはちょっと苦手だった。

「美奈子さんも海外とか行ったことあるんですか」祐理が尋ねた。

「いいえ、あたしはまだ」口数少なく答える。

「あおいさんは？」今度は秋夫が尋ねる。

「あたしは家族と何度か」

「へえ、いいなぁ。どこに？」

「うーんと、ハワイとプーケットと、韓国。あと子供の頃、シンガポールに住んでました。父の仕事の関係で」

「家族で海外なんて、お嬢様なんだなぁ」

「そんな、まさか」あおいは少し戸惑って、手を顔の前で激しく振った。「違う、違う。ただ、父が好きなんです、旅行が。韓国は母が韓流《かんりゅう》に一時凝ってて」

「でも、おれらのまわりで、家族で海外に行けるなんて、かなり金持ちしかいなかったよなぁ」

秋夫が言って、祐理も美奈子もうなずいた。

「秋夫さんはこれまでどんなところに行ったことがあるんですか」

居心地悪くなって、話を秋夫に振る。

「おれも韓国は行ったことあるよ。あと、タイとインドとカンボジアとマレーシア」

「すごい。どこが一番いいですか」

「どこもおもしろいけどね。日本にあまり知られてないってとこでは、マレーシアなんか結構いいよ。物価安いし、飯もおいしいし、治安もそう悪くないし」

「安いってどのぐらい？」

「ベッドだけのドミトリーって民宿みたいな場所なら、一泊千五百円ぐらいであるし、ご飯は二百円ぐらいで食べられる。ネットはかなり普及してるから、パソコンさえ持っていけば連絡は取れるしね」

「いいなぁ、おれも行ってみたい」祐理が叫ぶ。

「いいよぉ。めちゃくちゃいいよ。マレーシアは欧米人が多いんだよね。皆バックパック背負って旅してる。今度、機会あったら一緒に行こうよ」

それから、秋夫はマレーシア旅行で財布ごとパスポートを盗まれた話などを面白おかしく語ってくれた。

美奈子は、饒舌《じょうぜつ》な秋夫の隣で口数が少ない。それでも、悪気はないらしく、目が合うと微笑む。

「美奈子さんは、どういうところで働いているんですか」

秋夫の話がちょっと一段落ついたところで、あおいは質問した。

「ああ、こいつはウォータービジネス」秋夫が代わりに答える。

「え」

「お水の商売」にっと笑う。「ガールズバー。そういうの、知ってる？」

これには、あおいも祐理もびっくりしてうまく答えられなかった。しかし、秋夫も美奈子も悪びれるふうもなく、二人が驚いているのを楽しむようににやにやしている。

「この歳だから深夜勤務はないし、客の隣に座ったりもしないって言うから、自分がしっかりしていればばって許可したんだ。そういうところでも働ける時に働いて、ちゃんと貯金もして、目的意識があればいいだろ?」秋夫は二人の目をのぞきこむ。「しかも寮とかあって、住宅費ぜんぜんかからないから貯金し放題だしな」

「確かに」祐理がやっと答えた。「すみません。いきなりだから、びっくりしたけど、そうですよね」

「この人、これでも結構、稼いでるのよ。赤坂の店でナンバーワンまではいかないけど、スリーぐらいはいってるんでしょ」

「ええ」美奈子は長い髪を指先ですきながらうなずく。「先月はなんとか三番」

「あー、そう言われてみればそんな感じ」

祐理が言うので、あおいは慌ててテーブルの下で彼の足を踏んだ。

「いや、魅力的ってことだよ」祐理があおいをにらむ。

けれど、秋夫も気にせず「だろ?」と言う。「稼いだら、どうするんだっけ?」

「いつかはお店とかやりたい。けど、その前に、一年ぐらいマニラとか、セブ島とかの安い英語学校に行ってみっちり勉強するつもり。本当は大学で英語の勉強したかったけど、高校にも行けなかったから」

美奈子が静かに答えた。

「それ、大学なんかよりずっといいと思う。英語ペラペラになりそう」あおいは感心してしまった。「すごい、なんかうらやましくなってきた」

美奈子が小首をかしげながらあおいを見る。「あたしはあなたがうらやましい」

あおいは同性ながらどきっとした。大きな目に引き込まれる。これは赤坂のナンバースリーなのもうなずける。

「それでも、秋夫さんはいいんですか、彼女が水商売っていうのは……」あおいは思わず尋ねてしまった。

「どうして？」秋夫が不思議そうに言う。

「彼女が水商売なの、嫌がる人もいるのかと思って……」

「ああ」

秋夫と美奈子は顔を見合わせて大笑いした。

「おれら、そういう関係じゃないよ」

「あ、そうなんですか」

それでも、美奈子は秋夫の飲み物をかいがいしく世話しているし、秋夫も話しながら何度か美奈子の肩にもたれかかったりする。幼なじみか、兄妹のような関係なのかな、とあおいは思うが、なんとなく二人の距離感がつかめない。

祐理はすっかり二人に引き込まれているようで、真っ赤な顔をしながら教師になる夢を語り、秋夫の海外話を聞いている。

「祐理君みたいな人が先生だったらいいだろうなぁ」秋夫がそう言ってくれて、気を良くしているようだった。

あおいはふっと、三人は似てる、と思った。地方出身というのと、実家があまり裕福ではないという共通点だけでなく、うまく説明できない、何か似通ったところがあるのだ。あおいはそれを自分の力で未来を切り開く、力づよさのようなものかと思った。けれど、それだけでもない。何か、においのようなものを感じる。

その日のあおいには、最後までそれが何かよくわからなかった。

一週間後漁から戻ると、広美は当たり前のように家にいた。

「幾太君、バター醤油《しょうゆ》とバター味噌、どっちがいいですか？」

幾太が持って帰ってきた鮭を、今度はホイル包み焼きにしながら言う。

「この玉ねぎ、母屋からもらってきました。近所の農家さんからいただいたんですって」

愛海はすっかりなついて、料理をする広美の脚に「なんかおやつ食べたいー」と背中を押しつけている。「したら、ご飯のあとドーナツ作ってあげるから、今は我慢ね」と言い聞かせている様子は初めて見るものなのに、自然だった。幾太の両親も、夜中の一時二時には起きて夕方四時には寝てしまうような生活では愛海の面倒を満足に見ることができない。彼らもなんとなく黙認しているのだろうか。

「この間の残った鮭、新鮮だったからマリネにして母屋に持って行ったんですよ。お母さん喜んで、こんなの食べたことないって言ってらした」

「生じゃ危ないべ」

「一度、冷凍してスライスしたから、大丈夫。ルイべって言うんでしょう？　そういうの」

母屋じゃ、新しい彼女と思っているのかもしれない。

幾太も漁から戻ってきて広美がまだいるのを見て、びっくりすると同時にほっともした。どういうつもりなのか、いつまでいるのか訊かなくちゃいけないのだろうが、こうしてテレビを観ながら話していると、まあ別にいいか、と思う。寒い屋外からストーブのある室内に戻ってきた時のように、体がなあなあに温まっていく。

「帯広にいた頃に」

「帯広？　都会の人かと思ってた」

「出身は神奈川だけど、あっちで働いてたの……ほら、帯広の畑のあたりを車で走ってると、道端にジャガイモがいっぱい捨ててあるじゃないですか。規格外なのかなぁ。あれ、拾ってもいいんですか、って人に訊いたら、そんなことやめれって言われました。そんなの誰もしないって」

「ははははは」

「そしたら、その人が送ってくれました。ジャガイモ、ダンボールいっぱい」

それは、昔の男なんだろうか。

「結婚したこと、ある？」

広美は口をすぼめるようにして考えていたが、ふっと顔がほどけて笑った。「あります。ずいぶん、昔ですけど」

「どんな人？」

「……いい人だったんですけど」

「じゃあ、なして？」

「お義母さんが厳しい方で、私がダメで家を出てしまいました」

「ごめん」

「いいえ……秋鮭漁っていつまで？」

「まあ、十一月の終わりぐらいだべな」

「奥さん、戻ってくるの？」

「知らん」

愛海が寝てしまうと、広美は「まだ九月なのに寒いねぇ」と言いながら、幾太の布団に入ってきた。

「驚いたわ」

「なして」

広美は幾太の服を脱がせながら言う。

「ここらじゃ、九月にストーブ焚《た》くのねぇ」

「一年中焚くけ」

「帯広じゃ、さすがに九月は焚かないわ」

広美の体はふわふわとして柔らかかった。若くて硬く引き締まっていたよし子の体とかなり違う。

幾太にとっては、嫁のよし子、それから、彼女がいなくなったあと同僚たちと給料日に行く帯広の風俗店の女以外では、初めてだった。彼にとってこういう関係は、よし子のようにお互いに好き合っていて、でも、なかなかそれを言いだせなくて、ほのめかしやすれ違いや勘違い、まわりの応援、祝福、そんな面倒でも喜びに満ちたさまざまな事柄の果てに付き合うようになったあとに、やっとあることだった。でなければ、少なくはない金額を支払うことによってなしとげられることだった。どちらもなんらかの試練や代償があってできる特別なことで、こんなふうにストーブのスイッチを入れるかのように簡単に始まってしまうことではなかった。けれど、なんの代償もないだけに、妙な気負いもない行為は、心体まるものであった。

広美はその最中に彼にいろいろ話しかけてきた。それもこれまでの女にはなかったことで、もともと口の重い彼ではあったけれど、ちゃんと答えなくては彼女の機嫌を損ねそうな気がして一生懸命答えた。しかし、何を言っても広美はくすくす笑うばかりだった。彼女は若い性急な欲求にあらがうことなく、最初は早く応えた。ことが終わると、漁で鍛《きた》えられた彼の体のひとつひとつの筋肉を、ものめずらしそうに触った。

「上腕二頭筋、三角筋、大胸筋、大臀筋、大腿二頭筋、下腿三頭筋……」

前も後ろも、上も下も、股の間も。「人間の体って、きれいですね」と感心したようにつぶやき、そっと唇をつけた。触られているうちに、また、交わって、そのまま寝てしまった。

明け方、ふと目を覚ました。あと数時間でまた漁に出るのだと、思わず、傍《かたわ》らの裸の広美を抱き寄せた。三回目が終わったあと「奥さん、なんで出ていったのかしら」と広美はつぶやいた。

「……あいつの家は、漁師じゃねぇ」

「漁師じゃなかった？」

「あいつのうちは、父さんがいなくて、母さんだけだべ」

「母子家庭ですね」

広美は目をつぶったまま、ただ、彼の言葉をくり返した。

幾太自身も、ずっと考えていたことだった。いくつかの答えは彼の中にあったが、それを言葉にすることがうまくできるとは思えなかった。まして、会ったばかりの広美に。

よし子の母は、他家へ手伝いに行ったり、近所のスナックの手伝いをしたりする、不安定な暮らしだった。両親がそろっていて、昆布で生計を立てている幾太の家は彼女にとって理想だったはずだ。二つ年下のよし子が高校を卒業すると同時に結婚した。すぐに愛海ができて、彼女を保育園に預けられるようになると、よし子も昆布の手伝いを始めた。けれど、幾太も両親も、よし子に手伝いは強要していなかったし、期待もしていなかった。

彼女は「うちらには、できねぇべ」と言って、一年後札幌に行ってしまった。まだ、籍は抜いていない。

「あいつは、なんか……」

「なんか？」

「結婚したら」言葉が止まってしまった。

広美は静かに、幾太の背中をなでた。

よし子はきっと期待していたのだ。結婚したら、生まれ変わるように、何かが変わるのだと。だけど、それは彼女の期待していたようなものではなかった。何も変わらなかった。

そして、昆布を手伝っているうちに、自分の人生の先が見えてしまったのかもしれない。幾太の母親のような人生が。

「俺が……つまらないから」

幾太はやっとそう言った。言葉が自分の耳に届いたとたん、やっぱりそれは違うと思ったが、訂正したところでそれ以上にぴったり合う言葉が見つかるとも思えなかった。

「幾太君、もういいから」

広美が彼の首に腕を巻き、口をふさぐようにやわらかくキスをした。「奥さんが戻ってきたら、優しくしてあげなさい」

「戻ってくるかな」

「たぶんね。こんないい男、放っては置かないよ」

幾太は、よし子がいなくなってからずっと求めていたのは、こういうことなのではないかと考えていた。何度も風俗に行ったりしてもみたされなかったのは、若いからばかりではなくて彼を喜んで受け入れてくれる女が必要だったのだ、と。けれど口下手な彼はそれを自分の心の中でさえ、うまく表すことができなかった。なので、ただ、漠然と浮かんできたことを口にした。

「しばらくいてくれねぇか」

「え」

「ここに」

「私が？」

「うん、広美さんが」

広美は嬉しそうに笑って、幾太を抱きしめた。「いいですよ。もちろん」

それから、つかの間、二人はまどろんだ。


「ふーん。そんなに楽しかったんですか」

秋夫たちと会った夜のことを話すと、広美はそうあいづちを打ちながら窓枠にてるてる坊主を提げた。グレーのシミーズ姿の彼女は、曇り空を背にしてモノクロに見えた。昔の日本映画の主人公のようだとあおいは思った。

「なんで、てるてる坊主なんて作ってるんですか」

「明後日《あさって》の日曜日、たーさんの草野球チームの試合があるんです。そのお弁当頼まれてるんだけど、なんか、天気がはっきりしないでしょう」

「野球好きなんですか」

「野球はどうでもいいのだけど、晴れか雨かはっきりしなきゃ、用意もできないでしょう。

材料買いこんで、雨でしたーなんてことになったら、そのまま損してしまうから。男の人はそういうことはぜんぜん考えないで、弁当作ってくれ、とか簡単に言うんだから」

文句を言いながらも楽しそうだった。あおいはふっと、たーさんが広美の今の好きな人、もしくは、次のターゲットなのかしら、と思った。

「たーさんにはお子さんはいるんですか」

「ええ。確か、高校生ぐらいの子がいたはず」そして、ふり返って「もう、そういうの、ないですよ」と言った。見透かされている。

「いいえ」慌てて目をそらす。

「おにぎりいっぱい作って、おかずはから揚げと卵焼きにしようかと思ってるの。だから、鶏肉も卵もあまったらお店で使えばいいんですけど」

「そうですねぇ」

「雨になったらなったで、月曜日にはお店には来てくれるでしょうし、たーさん」

広美は、あおいのいるこたつに戻って、カーディガンを肩にかけた。

「やっぱり、この恰好じゃ、まだ肩先が冷えますすね」

「そうですね。あの」思い切って訊いてみる。「広美さんは、もしも、また、あのー、結婚とか、あのー、なんていうんですかね、同棲？　とか、そういう機会あったら行くんですか」

「は？　どういう意味ですか」

「えー、だから」

「誰かの家に入りこむってことですか？」

「ええ、まあ」

「もう無理でしょう。歳も歳だから」

「いや、まだ四十七でしょ。再婚したっておかしくないいんじゃないですか」

「そう？　じゃあ、あるかも」

「……あたしが言うことなんて、どうでもいいんですね」はぐらかされているようで、すねてしまった。

「ごめんなさい。そんなことないですよ」

「今はもう、あんまり深く考えてないってことなんですか？」

「これまでだって深く考えたことなんてないですよ。たいてい行き当たりばったり」

「なんで、そんな生き方ができるんですか」

「生き方なんて、たいそうなものじゃないですよ」

「でも、あたしたちなんて就職できなかったら、正社員になれなかったらどうしようって、それぱっかり考えているのに」

「結婚すればいいじゃないですか」どうでもよさそうにつぶやく。また、どこかからポテトチップを出してきて、バリバリ食べ始めた。

「だから、相手も正社員になれるかどうかわからないんですよ」

「正社員だって、お金持ちだって、明日はどうなるかわからないでしょう」

「そういう気休めみたいな、一般論みたいの、広美さんは言わないと思ったんだけどなぁ」

「一般論。そんな立派なことじゃありません」

広美はかたわらにあった菓子の四角い缶を開けて、虎屋の羊羹《ようかん》も出す。食べますか？と訊きながら分厚く切って包丁に刺して差し出す。行儀悪いなあ、と言ってあおいは受け取った。

「あおいちゃんみたいなしっかりして、真面目で、大学も出ようという子がダメになるわけないじゃないですか。あおいちゃんがダメになるなら、世の中、全員ダメになるじゃないですか。全員がダメになるなら、きっと日本全体が一気に下がるんだから、別に気にならないじゃないですか」

「よくわからないけど、そうですかねぇ」羊羹は口の中にこびりつく。

「まあ、甘いものでも食べて、機嫌直して」

「悪くなってないですけど」

「どうなっても、人が生きている以上、生きていけないなんてことないんですから」

「意味がわからない」

「なんとかなりますよ」

「広美さんはなんとかならなかったら、どうするんですか」

「私には、私の身の処し方ぐらいはありますよ」

「え？　なんですか、それ？　教えてくださいよ」

内緒。そう言って、うっすら微笑んだ。

広美の言葉で気持ちが楽になったわけではないが、こうしてだらだら話しているのは気が落ち着く。

「もし、雨が降ってお弁当のおかずがあまったら、それ持ってあたしたちとどっか行きましょうよ、来週」

気がつくとそんなことを提案している。


「あんたの家に、変なおばはん、来てるんだって？」

よし子から携帯に電話が入ったのは、広美が幾太の家に住み始めてから二か月ほど経ってからだった。

「きしょい、きしょいよ。めちゃくちゃきしょいんだけど」

　幾太が答える前に、彼女は一方的にまくし立てた。昔はそんな言葉使わなかったのに、大阪弁なのか、テレビの芸人の言葉を真似しているのか、吐き出すように言う。

「あんたのことはいいよ、別に。もうなんとも思ってないし。だけど、愛海のことはどうするわけ？　他の女が育ててるなんて、我慢できないんだけど」

　ずっと、幾太の母親に押し付けていたではないか。電話をしてくるのは年に数回で、こちらが電話をすると出ないことも多かった。

「あたし、愛海のこと、引きとってもいいかな。こっちに連れてくる」

「……お前がそうしたいなら、そうしろ……」やっと幾太は声を絞り出した。「お前がいいように」

　万感の気持ちを込めたつもりの言葉だった。けれど、その返事を聞いて、よし子の方が黙った。威勢のいいことを言ったものの、本心はそこにないのか、一人で愛海を育てることもできないとわかっているのだろう。

「お前、それ、誰から聞いた」

「誰からだっていいじゃん。それ聞いてどうするの」よし子がまたぎゃんぎゃん吠《ほ》え立てた。「きしょいよ、きしょいんだけど」

　結局、よし子の同級生で今も同じ町に住んでいる友達の康江《やすえ》から聞いたことがわかった。

康江とよし子はあまり仲が良くなかったはずだったから、幾太には不思議だった。康江から小学校時代に告白されたことがある。その時は断わったが、今でも町で会えば笑顔を見せるので良好な関係だと思っていたのに。わからないものだな、とひとりごつ。時々、愛海と一緒に広美が買い物に出たりしているのを、皆見ていたらしい。

「あたし、すごい恥かかされた。幾太はそんな男じゃないと思ってたのに。他の子たちによし子がいなくなったら、幾太はすぐ女作るよって言われても、絶対そんなことないって信じてたのに」

では、よし子に出ていかれた幾太の方はどうなのか。頭にはきても、幾太には言い返せない。彼女が本当に、身勝手だけど子供のように信じていたのがわかるからだ。よし子はそういう女だった。

「そのおばはんのこと、愛海がお母さんて呼んでるらしいじゃん」

確かにそう言っているのを幾太も聞いているが、ずっと母親不在の娘が、優しくしてくれる人をそう呼びたいのは、よくわかる。

けれど、よし子は「本当にきしょいよ」とまた電話口で怒鳴った。

そんな言葉使うな、そう言いたかったが、「ごめん」と謝っていた。

「今度、会える？」さんざん怒鳴ったあと、よし子は言った。

「え」

「次の休み、あんた、札幌に来れる？」

「ああ……門別から直接行けば……」

「じゃあ、話し合おう。一人で来て」

「うん」

今、よし子が働いている店の近くの喫茶店で会うことになった。

時間と場所を指定して、しばらくよし子は黙っていた。何かと思ったら、意を決したようにどすの利《き》いた声で「もう、その女とはしないでよ」と言って、電話は切れた。


嫁とホテルで寝ることになるとは思わなかった、と幾太は白い天井を見上げながら思う。こういうところに来たことがないわけではない。結婚前に数回、国道沿いのホテルを利用したことがある。

先ほどまで絡《から》み付いていたよし子の体やセックスは、以前とぜんぜん違う女のように激しかった。けれど、よく考えると、前からこんなもののような気もした。十代の頃からよし子の方が積極的だった。いずれにしろ、五年ぶりのことだった。幾太がどう考えるかとか、彼に拒否されるかもしれないとか、まったく思ってもいない、自信満々な行為で、さまざまな技やテクニックを次々とくり出した。会っていない間に、彼女に他の男がいなかったとは考えにくいが、考えたくもなかった。一つだけはっきりわかっているのは、広美とは違うということだった。

バスルームから出てきたよし子が幾太の体の上にのしかかる。

「ねえ、さっき話したこと、ちゃんと考えてよ」彼の頬に大げさなぐらい大きな音を立ててキスをした。濡れた髪が冷たい。

「うん」

「じゃあ、あたし、お化粧してお店に行くからね」

また、バスルームに入っていった。

寝返りをうちながら、よし子の言った、さっきのこと、を考える。両親の住む町を出て、苫小牧《とまこまい》に親子三人で住む。幾太はそこから門別に通う。よし子は、友達だか、先輩だかの姉さんが苫小牧でやっているスナックの手伝いをする。愛海はそういう女が使う保育所だか、学童保育に預ける……彼女が提案した新しい生活は、聞いただけで、行き止まりが見えている袋小路《ふくろこうじ》のようだった。あの小さなえりもに住むのは息が詰まるし、どこかで働かなくては自分を表現できないとよし子は説明した。自分を表現するなんて、どこで覚えてきたんだか。前には使わなかった言葉だった。幾太には意味がわからなかったが、説明も求めなかった。たぶん、よし子にもよくわかっていない。尋ねたら、彼女の悲しい心をもっと掘り起こすことになりそうだった。

両親は驚くだろう。いつかは昆布漁を継いでほしいと思っているのは確かだし。あれは体はきついが、確実な現金収入のある仕事で幾太も嫌ではなかった。しかし、よし子もずっと苫小牧にいるつもりではないだろう。落ち着けば、また、えりもに戻ると言ってくれるはずだ。まだ、彼女は二十代だからあの町に閉じこもりたくはないだけだ。きっと。

でも、広美……

広美のことはできるだけ考えないようにしていた。よし子と会っている間中、そして、よし子と寝ている間中。けれどやはり思い出さないわけにいかなかった。優しく柔らかな広美。ことが終わったあと、彼女はいつも彼の体を触る。きれいねぇ、と言いながら。あれはなんだか、気持ちが休まるものだった。もう、彼女とあんな時間を持つことはできないのだ。

しかし、幾太にはわかる。結局、自分はよし子の言う通りにすることが。唯々諾々《いいだくだく》としたがって、町を捨て、両親を捨てて、少しもいいと思わない「新しい生活」に入っていくことが。なんだかんだ言っても、よし子は妻であるし、愛海の母親なのだ。そして、やはり、彼はよし子が好きだった。今日、待ち合わせ場所で彼女を見た時、それがわかった。よし子は長く茶色い髪を大きくカールさせ、喫茶店でタバコをふかして待っていた。けれど、彼を見上げる目つきに、昔の面影が残っていた。傷つきやすい、いつも何かに怯《おび》えている、幸せだけを求めていた面影が。あれを守ってやりたかった。同じ町の出身で、同類の人間だった。幾太がよし子の悲しみをわかるように、よし子も幾太の悲しみをわかっている。

広美はたぶん、黙って出て行くだろう。何も言わず、彼を責めずに。いや、もしかしたら、彼女はもう何もかも気づいているのかもしれない。これまで、仕事の休みには一刻も早く家に戻り、愛海とともにご飯を食べ、三回は抱いて、また船に戻った。今週は家に戻らず、札幌に行くと電話で告げたら理由も尋ねずに「あら、そう。車の運転、気を付けてくださいね」と優しく言ってくれた。「じゃあ、またね」

そうだ、彼女はもう家を出ているかもしれない。何もかも、見通して。

彼には見えた。広美が出て行く様子が。荷物をまとめて車に積み込み、あの赤い車に乗って、暗い北国の道を一人で走っているさまが。

幾太は止めたかった。広美の車の前に身を投げ出して、行くなと言い、行く手を阻《はば》みたかった。けれど、きっとそれはない。車が行ってしまったあとに、ああ止めればよかった、と嘆《なげ》いて、自分を納得させるだけだ。幾太にはわかっていた。自分がそういう男だということを、もうわかっていた。

あと、広美が三十二歳だということを最後まで言わなくてよかった。彼女の車のグローブボックスの中の運転免許証を見て、わりに早いうちからうそに気がついていたが、知らん顔していたのは、たぶん正解だった。

翌月、秋夫たちに上京してから一度も行ったことがないのでディズニーランドに行かないかと誘われた。平日でも結構混んでいて、並んでいる時間が長くいろいろ話すことができた。その間も、秋夫は疲れた美奈子の肩をもんだり、腕を取ったりする。美奈子も嫌がっているふうでもない。その自然な感じから、もしかしたら、昔付き合っていたとかなのかな、とあおいは推測した。

五月末に、河原でバーベキューをしないか、とまた誘われた。秋夫と祐理が車の免許を持っているので、知り合いから秋夫が借りた車に四人で乗って、神奈川の相模原《さがみはら》のキャンプ場に行った。途中、道の駅で直売の野菜や肉を買い込んだ。秋夫がキャンプはよくしているということだったので安心していたのだが、彼が持ってきたのは、鉄板と炭だけで、どちらも買ったばかりの真新しいものだった。河原の石でかまどを作って火をおこしたが、秋夫は炭に火をつけるのに手間取った。結局、子供の頃に親兄弟とやったことがある、と祐理が申し出て火をつけた。

河原についたのが昼過ぎで、そこから肉が焼けるまで、結構、時間がかかった。朝早く家を出たので、だんだん腹が減ってくる。あおいは、なんだか違和感を覚えずにはいられなかった。秋夫がキャンプに慣れている、というのは、うそなのではないだろうか。いや、うそならうそでいいのだが、どうしてそんなうそをつく必要があるのだろうか。キャンプは初めてなら、そう言えばいいだけのことだ。美奈子はそうではなかった気がする。ディズニーランドに行った時も、初めてだと言いながら、美奈子はそうではなかった気がする。初めてにしては、入口やアトラクションでの行動に戸惑いやよどみがなかった。土産物店でチケットをぶら下げるカードケースをさっと見つけて人数分買い、皆に配った。客商売だけあって、さすが気の利く人だと感心していたが、初めて行ったにしてはもの慣れ過ぎている。

いや、今はお腹がすいているから、こんなつまらないことを考えてしまうのだと、あおいは考え直す。事実、祐理が火をつけて、肉や野菜が焼けてくると、そんなことはすっかり忘れてしまった。ただ、鉄板を使うならサラダオイルをなんで持ってきてくれなかったのだろう、とちらりと考えた。肉や野菜がすっかり焦げ付いてしまったからだ。

まだまだ冷たい川の中に入ったり、河原のあたりをぶらぶら散歩したり、さんざん遊んで帰宅の途についた。秋夫が運転して、美奈子が助手席に座り、あおいと祐理が後部座席に座った。山から下りると、同じような行楽帰りの車で少しずつ道路が混み始めた。

「寝てていいよ」秋夫が言ってくれた。「大丈夫、おれ、あんまり疲れてないし」

そうは言われても寝ないようにがんばっていたが、朝が早かったこともあって、ついうとうとと記憶が途切れるように眠気に誘われる。あおいは祐理が起きているのを確認しながら、つい寝入ってしまった。

　ふっと、誰かが泣いている声で目が覚めた。一瞬自分がどこにいるのかわからない。ああ、そうだ、秋夫たちとバーベキューに出掛けたのだ、と思い出す。隣の祐理もあおいの肩によりかかっていつのまにか眠ってしまったようだった。そして、その時、泣いているのが美奈子だと気づいてどきっとする。渋滞にはまっているのか、車はぴくりとも動かない。

「しょうがないだろう。もう少し待った方がいい」秋夫が声をころしてささやく。「まだ、早いって。怪《あや》しまれる」

　その時、あおいは一気にすべてが氷解したような気がした。秋夫が時折口にする祐理へのおべんちゃら、ぴかぴかの鉄板、美しく憂いを帯びた美奈子の横顔。彼らは何か思惑があって、あおいたちに近づいたのだ。それが何かはわからない。けれど、たまたまアルバイトが一緒になって仲良くなったというような単純なことでないことだけはわかる。いったい彼らのねらいはなんなのか。祐理なのか、自分なのか。あおいは急に、彼らと一緒の車に乗っていることが怖くなってきた。

「大丈夫だって、まだ、なんにも気がついてないって」

「いいじゃない、あたしはもう訊いてみたい」涙声で美奈子がつぶやく。「そのために東京に出てきたんだから」

「しー。声が大きい」

秋夫が振り返ってこちらをうかがっている。あおいは慌てて眼をつぶった。

「いや、まだ、我慢した方がいい。もう少し仲良くなってから」

美奈子の涙声が続き、それを秋夫が必死になだめている。

あおいは薄眼を開けて、前の二人を観察した。

「せっかく、ここまできたんだ。慎重に行こう」

その時、急に車が動きだし、車体が大きく揺れた。祐理のデイパックが、彼の膝から転げ落ちた。

「おお」祐理が目覚めた。あおいの顔を見る。「なんだ、おれ寝ちゃってたよ。あおい、起きてたのなら、起こしてよぉ」

前の二人の声がぴたりとやんだ。

「あーあ」能天気に祐理が伸びをする。「すみません。秋夫さん、おれすっかり寝ちゃって。運転替わりましょうか」

「い、いや。大丈夫」

車はまた渋滞にはまっている。あたりは真っ暗でヘッドライトの光だけが並んでいた。

「でも、結構、長いですよね。疲れたでしょ。交代しますよ」

「……あたし、もういやっ」美奈子が大声を上げて泣きだした。「早く確かめたい。そのために毎日あんなところで働いてるのよ」

「やめろって、美奈子」

「……どうしたんですか」祐理が恐る恐る尋ねる。「なにか、あったんですか」

「祐理君、あおいちゃん」

秋夫が改まった口調になった。前を見たまま、ハンドルを抱え込むように頭を下げた。

「ごめん。黙っていて。おれらも、広美……母さんに育てられた子供なんだ」

あおいは思わず、祐理の顔を見た。彼はぽかんと口を開けて二人の背中を見ている。

車の中はしんと静まり返った。誰も何も言わない。美奈子の泣き声だけが響く。どこかでクラクションの音が鳴っている。

4　夜明けにロックを歌った

「秋夫ちゃん」

車窓《しゃそう》から暗い海を見ていた秋夫に、隣の広美が声をかけた。横を見ると、ぐっすり眠った妹の夏菜《なつな》を肩にもたれかけさせたまま、にっこり笑う広美の顔があった。弟の晴彦《はるひこ》は助手席で眠っている。

「寒くない？」

秋夫は答えずに目をまた外に戻した。

「秋夫ちゃんも寝たら。大丈夫、着いたら起こしてあげるから」

今度は見もしなかった。

秋夫は腹を立てていた。

いつの間にか家に入りこんで母親面《づら》しているこの女に、それをやすやすと受け入れてしまった弱い父親に、毎日やってきた金貸しに、家族五人が乗れるというだけで最後の有り金すべてはたいて買ったこの乗り心地の悪いボロい車に、そして、何より、何もできない自分自身に。

父親の行男《ゆきお》が悪いだけじゃない。それはよくわかっている。けれど、小学六年生の秋夫が、親を恨む以外にいったい何を恨めばいいのか。

数年前、行男が友達と一緒に会社を立ち上げた。なんの仕事をしているのか、何度聞いても秋夫にはよく理解できなかったが、バーやクラブなど夜の商売をする店に置くもの、カラオケとかステレオとか、そういうものを貸したり備えつけたりする会社らしい。良い時期もあった。行男が家族全員を連れて仙台にある大きなステーキ屋に出掛け、帰りにお世話になっているというクラブに寄った。近所にできたばかりの大型スーパーで買ったスーツを着た母親は、美しい女たちに囲まれてなんどもなんども頭を下げていた。父親は店の女が呼んだ、関口《せきぐち》さんといういかつい顔の男がやってくると、床に頭がつくぐらい腰を曲げて挨拶し家族を紹介した。関口は秋夫と弟と妹に一万円ずつくれた。それは嬉しかったけど、母親がどこか物憂げなのが気になっていた。あの時ぐらいからかもしれない。秋夫が父親の会社のことにほのかな不安を抱き始めたのは。

大口取引先のキャバレーがつぶれてから、あれよあれよという間に父親の会社はおかしくなっていった。そして父親が家に帰らなくなり、母親が「相談」という名目で夜外出するようになった。あの、垢《あか》ぬけないスーツを着て。深夜戻ってきた母親は必ず風呂に入った。その水音を、秋夫は布団の中で聞いた。

母親が関口と一緒に北の海に自動車ごと飛び込んだのはそれから数か月後のことだ。無理心中とも事故とも噂されたが、運転席にいたのは母親の方だという。いったい二人の間に何があったのか、誰にもわからなかった。その翌月、父親の共同経営者だった男が逃げて、借金だけが残った。

広美という女を初めて見たのは、母親の葬儀の席でのことだ。スーパーの洋品店に勤めていて、母親には「ずいぶんお世話になった」と語った。あのみじめなスーツを売ったのは、この女だったのかと秋夫はぼんやり思った。その日の彼女の記憶が残ったのは、誰も泣いていない、子供たちでさえも涙が出なかったその葬式で号泣していたからだ。秋夫や妹弟を抱きしめて、「なにか困ったことがあったら、おばちゃんに相談してくださいね」と言った。

言葉通りに、広美はそれからたびたび家に来るようになった。手作りのお菓子や料理を持って。その数か月で急に大人にならざるを得なかった秋夫は、最初、父親との仲を疑った。けれど、広美が来るのはいつも父親のいない時間で、彼が帰宅するとそそくさと帰っていったから、違うのだとわかった。それでも彼女の訪問は嬉しい時もあった。母親の死以来、人が寄りつかなくなってしまった家には、入れ換《か》わりのように借金取りが訪れるようになっていた。できたら関わりたくない、親族や隣近所までそんな態度を露骨に表すようになったのに、広美だけが足しげくやってきて、借金取りが表のドアを叩いている間、妹弟たちを抱きしめて息をひそめてくれた。

父親に夜逃げを勧めたのは、広美だった。行男はタクシーの運転手を始めたが、日に日に消耗《しょうもう》していって、目だけがぎょろりと目立つ形相《ぎょうそう》になっていた。借金取りのことを話してもろくに聞いてくれず、何かを諦めてしまっていた。広美は彼から、五十キロほど離れた街にいる兄妹の家を聞き出し、とりあえずそこに逃げてから自己破産の手続きを取ろうと言いだした。父親はその提案に反対するというよりも、反応することを放棄してしまったかのような態度だったが、広美は諦めなかった。ぼんやりと話を聞くばかりだった彼は、広美が一晩泊まっていった朝から人が変わったように、彼女の言う通りに動くようになった。

その頃から、秋夫は彼らが不快になってきた。男と女のことはおぼろげにしかわからないものの、言いなりになっている父親を見ていると、いやらしさといらだちがじわじわこみあげてきた。

用意したのは、買いなおした中古のバンだけだった。これまで使っていた車は置いていかねばならない。彼らが家を出たのは、広美が一晩泊まっていってから二日後、電光石火の早業《はやわざ》だった。

子供たちは突然、夜中叩き起こされ、わずかな荷物のみで車に乗った。見慣れない古いバンを見たとたん、秋夫にはわかった。自分たちはこれで逃げるのだ、そして、ここにはもう二度と戻れないし友達にも会えないのだ、と。

秋夫は、今、地球上のすべてを恨んでいた。けれど、なぜか、死んだ母親は憎めなかった。母親は記憶の中でいつも笑顔で優しかった。その代わりに、秋夫は広美に腹を立てることにした。けれど、いくら腹を立てても嫌っても、今の自分は頼るしかない。屈辱的《くつじょくてき》だった。

これから行く街はどんなところなのか。友達はできるんだろうか。それ以前に、学校には行けるんだろうか。黒い海を見つめながらの思考は、悪い方にしか向かわなかった。

車が急に止まった。父親がサイドブレーキを引く音に、秋夫ははっとした。

「どうしました？」広美が運転席の父親に尋ねた。

行男は答えない。運転席でうなだれている。

「トイレ？　もう少ししたら、道の駅があるから、そこで」

広美の声は明るかった。わざとらしいぐらいに。

「いや」父親がつぶやいた。

「運転に疲れたなら、替わりましょうか」

「無駄だべ」

「え」

「どうせ逃げ切れんちゃ」

父親はハンドルを抱えて泣きだした。


都内のはずれまで戻ったところで、あおいたちは渋滞を避けてファミレスに入った。すでに八時をまわっている。あおいは家に、渋滞で遅くなるとメールした。

ファミレスは休日の家族連れが一段落した時間帯のようだった。四人は一番奥の席に案内された。

各自ハンバーグやドリアのセットを頼むが、美奈子はほとんど手をつけず、鼻を真っ赤にしてすすりあげている。秋夫が「ちゃんと食べておけよ」と声をかけるが、ドリアのチーズが固まっていくばかりだ。

「美奈子と初めて会ったのは、おれが中二の時だ。こいつは七歳か八歳だった」秋夫は顎で指したが、そこには愛情が感じられた。

「びっくりしたね。夜中にドアがノックされて、開けたら、ちっちゃい女の子が一人で立っていて、お母さんはどこですか、って」

美奈子がこくん、とうなずく。

「美奈子は隣町から一人で歩いてきたんだ。隣町ったって、田舎のことだから、丘を越えて十キロ近くある。それを二年生の女の子が一人で探しにきたんだ」

「お母さんがそこに住んでいるって、噂になってたの。また、新しい男を作ったって」美奈子は淡々と言った。「意味はわからなかったけど」

「それで、広美さんには会えたんですか」あおいが尋ねた。

「その時は、もう、おれらの家にもいなかった。出て行った後だったんだよ」

秋夫は、やっと涙が止まった美奈子のテーブルの上の手を取った。それはごく自然な動作で、兄妹のようにも、恋人同士のようにも見えた。

「その日は美奈子の家に連絡して、うちに泊まってもらった。次の日、お祖母《ばあ》ちゃんが迎えに来たんだ。その待ち合わせ場所まで、おれが連れて行った。こうやって手を取って」秋夫はぎゅっと握りしめる。「こいつ、その時もずっと泣いているんだ。ぜんぜん泣きやまない。それで、おれ、言ったんだよ。大きくなったら、一緒にお母さんを探しに行こうって。そしたら、そんなのうそだとか言うからさ。絶対うそつかない、大人と違っておれは絶対うそは言わないって、言うしかないよな」秋夫も涙ぐんだ。「でも、まあ、子供の約束だからね。だんだんに忘れていった。思い出したのは、中学を卒業したこいつがおれを訪ねてきたから」

「その少し前に、お母さんとよく似た人を東京のスナックで見た、という親戚のおじさんがいたのよ」美奈子が秋夫の手を握り返す。「それで、ふたりで東京に出てきたの」

「母さんが働いている店はすぐわかった。尾行して家もわかった。そしたら、あんたたちが出入りしてるから、おれら、もしかしたら、あんたたちが母さんの本当の子供か、今、一緒に住んでいる人間なのかと思って、それで近づいたんだ」秋夫が頭を下げる。「うそついてごめん」

「いいえ」

祐理が首を振り、これまでのことを話した。

「やっぱりな」秋夫が美奈子を見てうなずく。「あおいさんは、普通の家のお嬢さんだし、母さんと関係はないだろうって言ってたんだよ。関係あるなら、祐理君の方だろうって」

「それで……」あおいがおそるおそる尋ねた。「これから、お二人はどうするんですか」

三人が黙りこむ。秋夫と美奈子はともかく、祐理まで同じ沈んだ顔色でうつむいているのを見て、自分にはわからない大きなものが三人の中にうごめいているのを感じた。

「お前、顔洗ってこいよ。顔、めちゃくちゃだぞ」

秋夫が美奈子に向かって言った。美奈子は一瞬不満そうな顔をしたが、黙って席を立ってトイレに行った。

「美奈子が母さんと別れたのは、四つか五つの時だ」彼女の後ろ姿を目で追いながら言った。「かわいそうに。ずっと本当の母親だと信じていたらしい。一緒にいたのは一年もないけど」

「わかります。おれもそうでした」

「おれは二年ぐらい一緒にいた。小六から中一にかけて」

「おれは一年半です」

「おれら……夜逃げしたんだよね。それで偶然、美奈子の家の隣町に行くことになった。いろいろあったけど、感謝しかないよ。あの人がいなかったら生きていけなかったかもしれない。もしも会えたら、どうして出て行ってしまったのか訊いてみたい。それだけなんだ」

祐理はその言葉ひとつひとつにうなずいていた。

「だけど、あいつは……母さんに捨てられたと思ってる。あいつのお祖母さんは厳しい人で、結構、子供の頃大変だったらしいんだ。そういう恨みが全部、母さんに行ってる。だから、おれは迷ってるんだ。あいつが会いたいって言うから東京まで連れてきたけど、会ったらどうなるかわからない。もう、無事なのもわかったし、会わなくてもいいんじゃないかって」

「その気持ちも、ちょっとわかります」

「おれ、美奈子の話とかも聞いてちょっと思ったんだけど、あの人、母さん、きっとどの家にいる時も本気なんだよ。真剣勝負なんだ。だから本当の母さんになれる」

「それで、他の家に行くと、前のことはすっかり忘れてしまうのかもしれませんね」

あおいにはわからないことだらけだった。

どうして、そんなに広美を意識しているのだろう。昔、一緒に住んだ人、育ててくれた人として挨拶して、昔話のひとつもして帰ればいいじゃないか。なんだか、深刻な顔を突き合わせている彼らが、疎外感も手伝って滑稽《こっけい》にさえ見える。

「広美さんは、普通の人ですよ」思わず、口をはさんだ。祐理がきっとにらむ。口を出すなと言わんばかりに。

「あおいさんは、ニュートラルな立場で母さんに会ってるからね。うらやましいよ」ととりなすように秋夫は言った。

「ちょっといい加減で、料理が上手で、なんだかふわふわした人です。いい人だし、話してもおもしろいし……会ってみたらいいじゃないですか」

「あおいは好きな時に、好きなだけあの家に行けるからなぁ」

「祐理君だって行ってるじゃない」

「好きなように出入りしているわけじゃない。いろいろ考えるし、気も遣ってるし。なんというか、やっぱり、思うところ、あるんだよ」

「そうだったんだ、知らなかった」

「まあ、いいよ」秋夫が優しく言ったところで、美奈子が戻ってきた。

「今、あおいさんに最近の母さんの様子を聞いていたんだよ」

すっかり化粧の取れた顔で、美奈子がまっすぐあおいを見る。その方がずっと美しい。やっぱりかなりの美人だ、とあおいは思った。

「そう。どうしてる？　あの人」

あおいは少し考える。

「なんというか……毎日、楽しそうですよ。鼻歌、歌いながら生きているような、そんな人ですから」

何気なく口をついた言葉だったが、三人は黙ってしまった。

秋夫は何かを思い出すように微笑んだ。祐理は唇をかみしめた。美奈子はまた新しい涙が眼に浮かんでいた。

三人の様子を見て、あおいはまた自分が間違ったことを言ってしまったことに気づく。

翌朝、あおいが遅い時間に起きて、一階のダイニングルームに降りると、母親がいた。

「ご飯食べる？」

「うん」

「お味噌汁に、卵入れる？」

「入れない。だからぁ、あたし、それ嫌いだって何度も言ってるじゃん」

「でも、お父さんは好きよ」

「それも、もう何回も聞いた」

「お父さんも結婚当初は嫌いだったのよ。だけど、しばらくしてから好きになったから、あんたも」

「それ、毎朝訊かれて、面倒になっただけじゃない」

ジャガイモとわかめの味噌汁、わかめはのびてびろびろになっている。温かいご飯、あじの開き、卵焼き。

母親もあおいの向かいに座って食べ始めた。

「また、食べるの」

「だって、お父さんと食べてる時は気が休まらないから」

「気が休まらないって」

「だって、お父さん、なんにもできないから、あれくれ、これくれ、あれとってくれ、うるさいじゃない」

「知らないよ。自分がもっとしつければいいじゃん」

「いいのよ、あの人はあれで。ね、祐理君、就職活動とか、やってるの？　忙しいんじゃないの？　バーベキューとか行って、遊んでる暇あるの？」

あーあ、そうやってさりげなくチェックしちゃって、と思う。

「教師とか公務員とか希望だから」短く答える。

「そう。今の時代は公務員とかもいいわよね。だけど、受からなかったらどうするのかしら」

「知らないよ」

「神奈川とか埼玉とかも受けるのよね？　ご実家の方ばかりじゃなく」

「だから、知らないって」

それから、母親は勝手に趣味のテニスのことに話を変えた。あおいも中学生の時に一年生の一学期だけテニス部に入って、すぐやめた。そのラケットやらシューズやらの道具がもったいないから、という理由で、母親が地区センターの教室に通いだして、はまってしまった。今では週に二回、近所のテニス教室の上級者コースに通っている。

「あおいもまたやればいいのに」

「だから、やらないって」

球拾いばかりの部活に嫌気がさしてやめたのだが、その時になかなか退部できなくて、先輩にきつく当たられた。つらい思い出ばかりだ。今でもテニスのことを考えるだけで憂《ゆう》鬱《うつ》になる。

「体にいいし、楽しいし」

「一人でやってよ」

「ママ、結構、筋がいいって先生に誉められるのよ。もしかして、十代の頃からやってたら、選手とかになれたかもしれないわよねえ。ああ、もったいない」

本気でそう思っているらしい。悔しそうな顔をしている。

「今からでもやればいいじゃん。伊達《だて》さんだって四十代でしょ」

「そうなのよ。あの人、私たちの希望の星よ」

「知らないよ」

「あおいもやればいいのに」

「だから、やらないって」

「味噌汁に、卵、本当にいいの？」

あー、もう、うざい。声に出すと怒られるから、心の中で思うだけだけど、本当にうざい。

「晩ご飯、なににしようか。ミートソースにしようか。あおい、ママのミートソース好きだもんね」

それは、中学生の頃の話。今はちゃんとしたイタリアンレストランのボロネーゼ食べて、母親のが刻んだ人参やらピーマンやらよけいな野菜を入れ過ぎでおいしくない、ってことも知っている。

「今日は大学のあと、友達と飲みに行く」

「えー、昨日も遅かったのに」

黙って部屋に戻り、大学に行く支度をする。

「ちょっと、あおい！　朝ご飯の後片付けぐらいしなさいよ。せめて、流しに食べ終わったお皿置くぐらいのことしたら？　ちょっと！　作る人の身にもなりなさいよ！」

下からどなり声が聞こえてきた。

あー、ホント、面倒くさい。祐理たちの気持ちがよくわからない。母親なんてうるさくて、やっかいで、重たいだけのものなのに、なんであんなに恋しがって、追っかけてまで欲しがるのだろう。

美化しすぎなんだよ、と思う。子供の頃に別れたから、良く考え過ぎてる。今も広美と一緒にいたら、きっと、あおいと同じようにうんざりしているに違いない。

その一方で、彼らの母親を求める気持ちはそんな簡単なことじゃないのではないかと、怖《おそ》れる気持ちもあった。あおいなんかにはまったくわからない、何かが彼らの中にあるのではないだろうか。考えてみれば、親のことなんて、結局自分の親のことしかわからないのだ。

大学に行くために下に降りていくと、階段の下で母親が弁当を作って待っていた。もう、機嫌は直っているのか、いつものののんびりした表情だった。

弁当を受け取りながら、思わず、「ありがとう」と言ってしまった。

「なにが？」母親は当たり前の顔で微笑んでいる。

「今日、そんなに遅くならないように帰るから」

言っている自分にびっくりしていた。

秋夫たちとバーベキューに行って二週間ほど経った平日の午後、経営学の授業前のあおいを、祐理が訪ねてきた。美弥たちと話しているのを、教室の外から手を振って呼ぶ。

「なあに」あおいは走って行って、尋ねた。

「実は、昨日、秋夫さんと美奈子さんと一緒にご飯を食べて話したんだけど……あ、あおいを呼ばなくてごめん」

「ん、いいけど」きっと自分には話せないことがあるんだろう、というのは、わかっていた。

「やっぱり、母さんのうちに連れて行こうかと思うんだ。ちゃんと話しあうっていうか」

「美奈子さんは大丈夫なの」

「うん。秋夫さんは心配しているんだけど、美奈子さんがどうしても行きたい、会いたいって言っててね。絶対に取り乱さないからって」

「いいんじゃない。あたしはどっちにしても会わなかったら、なにも始まらないかなと思ってたから、いいと思う」

「あおいはいつも前向きだな」ふっと微笑んだ。「できたら、あおいにも来てほしいんだけど」

「……それは、なんていうか……親子水入らずの方がいいんじゃない」親子じゃないけど、と心の中でつぶやく。「三人じゃないと話せないこともあるだろうし」こんなことを言うと、昨夜自分がカヤの外に置かれたことを気にしていると取られかねないとわかりながら、正直に思うところを伝えた。

「ごめん。そう言われるかとは予想してたんだけど、でも、おれら三人だとなんていうかちょっと深刻になりすぎるような気がする。あおいは広美さんに慣れているし。ごめん、できたら」

「それならいいよ」

教授が前のドアから入ってきているのを見て、慌てて言った。

「日が決まったら、連絡して」

「うん」

手を振って、席に戻った。胸がドキドキする。

「大丈夫？」美弥が耳打ちした。「顔が真っ赤だよ」

「あ、そう。大丈夫」頬を手のひらでごしごしこすった。

経営学の教授は大量の板書《ばんしょ》をすることで有名な人だった。それを必死でノートに写しているうちに、気持ちが落ち着いてきた。

「なにを言ってるんですか」広美はころころと笑い出した。「そんなことを言ったら、子供たちが怖がるじゃないの」

しかし、父親のむせび泣きは止まらなかった。もうだめだ、死んでしまいたい、どうせあいつらは追いかけてくる……

寝ていた夏菜と晴彦も起きて、父親を見ている。晴彦が泣き出した。「父ちゃん、どうしたの」

秋夫も泣きたかった。どうしようもなく、不安だった。

「大丈夫」

急に柔らかいものが自分の手を包んだ。広美だった。広美は両側に座っている秋夫と夏菜の手を握って、微笑んだ。「ちょっと待っててね。外でお父さんと話してくるけど、すぐ戻ってくるから」

広美はバンの外に出た。運転席にまわると、ドアを開け、父親の行男の肩を引いた。

「出ましょう。子供が怖がるから、外で話し合いましょう」

父親は動かなかった。ハンドルにしがみつくようにしている。広美は固まってしまった彼の腕を全身の力を使って引っ張っていた。

「降りなさいって！　さあ、降りましょう！」

ずるずると父親が降ろされていった。ドアを閉める時、広美はもう一度、秋夫たちに「すぐに戻るから、寝てなさいね」と言った。

広美は父親の腕をつかんで、車から数メートル先に連れていった。行男より小さな広美が引きずっていく様子は滑稽だったけれど、笑えなかった。周囲に明かりはほとんどない。薄ぼんやりと二人の影だけが見える。

「だったら、ここで死にますか？」

暗闇の中からかすかに聞こえる広美の声は、普段のしゃべり方とぜんぜん違う冷たい声だった。

「ぜんぜんかまいませんよ、私は。子供は連れていきます。あなたが死にたいなら死ねばいい。けれど、子供は私がもらっていきます。私が世話してちゃんと育てます。その代わり、死ぬならきっちりここでやってほしい。死にきれないとか言って、あとから私たちに迷惑かけないでください」

父親が何かをぼそぼそ答えてる声が聞こえる。

夏菜の口元が震えて、おかしなぐらい歯がかちかち鳴っていた。秋夫も震えが止まらなかった。夏菜の手を取ってやりたいと思うが、体が動かない。

「だから、死ねばいいって言ってるの！　ここで死ぬか、私たちと一緒に行くか、二つに一つですよ」

お父ちゃんとここで別れるのか。別れたら、もう二度と会えない気がする。自分たちと別れたら、きっと本当に父親は死んでしまう。

「お兄ちゃん」

動けなかった秋夫の手を、逆に夏菜が握ってくれた。その温かさが秋夫を奮い立たせた。

秋夫は車から降りた。

「父ちゃん！」秋夫は叫んだ。「おれらと一緒に行くっちゃ。広美さん、父ちゃんを置いていかないで」

涙があふれてきた。「お願い、広美さん、父ちゃんも乗せてって」

車の中から夏菜と晴彦の泣き声が聞こえる。

「子供たちはあなたと行きたいそうですよ」

広美は行男の両肩をつかんで揺らした。「どうしますか？」

行男は泣きながらかすかにうなずいた。

「私たちと行きますね？　子供たちのためにがんばりますね？」

父親はもう一度うなずいた。

そして、二人はバンに戻ってきた。

「私が運転しましょうか」広美は言ったが、父親は首を振った。

車の外で震えていた秋夫を、広美は抱きしめ、涙を指でぬぐってくれた。

「大丈夫、もう、大丈夫。よくやった、偉いね」

素直にされるがままになって、車に乗った。

「さあ、行きましょうか」広美が朗らかに言った。「レッツゴー、ゴー」

また、車は動き出した。

それでも、秋夫の胸の鼓動はおさまらなかった。興奮がなかなか冷めない。広美が肩に手を置いた。

「秋夫ちゃん、ゆっくり息してごらん」

言う通りに吸ったり吐いたりした。それでちょっと楽になった。

「お父さん」広美は行男に呼びかけた。「なんか、ラジオでもつけましょうか」

行男は黙って、ラジオのスイッチをひねった。雑音のあとに深夜放送のＤＪの声と英語のロックが流れてきた。

「ああ、いいじゃない、それ」

曲が変わって、特徴的なリフが流れてくると、広美は軽く体を動かしながら鼻歌を歌った。

「知ってるの？」秋夫は尋ねた。

「よく知らないけど、ヴァン・ヘイレンのジャンプって曲じゃないかしら。学生時代に流行ったのよ」

「英語わかるの？　どういう歌？」夏菜も訊いた。

「とにかく、ジャンプ、ジャンプって叫んでる曲よ」

「どこにジャンプするの？」

「どこかしら。たぶん……どこか明るいところへ」

そして、曲に合わせてジャンプ、ジャンプと歌った。

秋夫と夏菜は、少しだけ笑った。久しぶりに笑った気がした。広美は秋夫と夏菜の肩を引き寄せた。

「さあ、お父さんが運転してくれてるから、安心して寝なさい」

秋夫は、広美の温かい肩に頭をもたせかけた。

「もう、大丈夫。朝になって目が覚めたら、全部終わってるから、安心して寝てなさい」

秋夫も今度は言われた通り、目をつぶった。母親の死からずっと気を張っていたけど、やっと子供に戻れた気がした。

今、自分たちが行く道は暗いけど、ずっと暗いばかりじゃないはずだと、なんだか素直に信じられた。

約束は、その週の日曜日の夜になった。広美も美奈子も店がお休みだからだ。

「なんて言ってあるの？　広美さんには」その連絡をもらったメールに返信した。

「なにも。ただ、友達を連れて行くって」

それじゃ驚くんじゃないかな、と心配になる。けれど、彼らがそう決めたのなら、あおいが勝手なことはできない。まあ、彼女のことだから、なんとなくやり過ごすんだろうけど。

更紗町の駅前に集合する。三人はこわばった顔をしていた。あおいは自分もそんな顔なんだろうな、と思った。黙って歩き出す。あおいと祐理が先で、秋夫と美奈子が後ろについてきた。けれど、ふたりとも広美の家は知っているに違いない。緊張しているらしい祐理の手をそっと取る。手が冷たい。彼はあおいの方を見て、微笑んでくれた。

部屋の前に来ると、祐理がドアをノックした。

「おれです。祐理です」

広美がドアを開ける。あおいと祐理の顔を見て、ああ、とうなずく。そして、後ろの秋夫と美奈子を見た。

「お友達ですか？」

「佐野《さの》秋夫です」

「勝俣《かつまた》美奈子です」

広美はちょっと小首をかしげる。けれど、肩をすくめて「どうぞ。お入りになって」と言った。

六畳の広美の部屋はいっぱいになった。あおいは遠慮して、こたつに入らず、祐理の後ろに正座した。いつものように、テレビがついていた。

「あおいちゃん、どうしたんですか。こたつに入って」茶を運んできた、広美が尋ねる。

リモコンでテレビを消した。

「でも、四人でいっぱいだし」

「私の横に入ったら。冷えるでしょう」

「あおいはおれの隣に」

祐理が身をずらした。少し窮屈だけど、そこに入る。皆、広美が淹れた茶をすすって、何も言わない。

「広美さん、この人たちは」祐理が口火を切った。「あの」

「おれ、秋夫です。宮城であなたに育ててもらいました」秋夫がもう一度名前を言って、頭を下げた。「こっちは、美奈子です」

広美はうなずいた。

「美奈子の家に一年たらずいて、そのあと、おれの家に来て、美奈子の家の隣町に夜逃げしたでしょう」

「そんなことがあったことはなんとなく覚えてます」広美はたんたんと言った。「細かいことまでは、ちょっと」

「そうですか」

「しょうがないよ、秋夫さん。広美さんはおれのことも覚えてなかったんだから」

「ああ、わかってる」それでも、秋夫の肩は落ちている。こたつから脚を出してデニムをまくりあげた。膝に小さな傷がある。

「これ、転んでケガしたんです。銭湯の帰りに、広美さんに走るなって言われたのに走って転んだんです。お風呂の帰りだったからか、血がもうびゅうびゅう出て、あなたがものすごく取り乱して、まわりの人に『どうしたらいいでしょうか』って大声で訊いて、近所の病院に担《かつ》ぎ込まれて」

「あんまり……」広美は首をかしげた。

「そうですか」秋夫はしゅんとなって、脚をこたつに戻した。

「秋夫さんは別に責めたりしに来たわけじゃなくて、広美さんにどうして出て行ったのか訊きたいんだって」祐理がとりなした。

「いや、言いにくいことなら……」秋夫が慌ててさえぎる。

「本当に覚えてないの、ごめんなさい」軽く頭を下げた。

「お母さん」美奈子が部屋に来て初めて口を開いた。「うそでしょ」

あおいが美奈子を見ると、彼女はにこにこと笑っていた。あおいはなんだかぞっとした。

「うそよね、お母さん。この人たちのことは、わからないけど、あたしのことはわかるよね？　だって、本当の親子だもん。お母さんはいろんな家に行ったかもしれないけど、本当に産んだのは、あたし、一人だよね。あたし、知ってるの。もし、この人たちの前で言いにくいなら、また、別の日に来るから……」

広美は、はっきりと首を振る。

「ごめんなさいね。私はあなたの母親じゃないです。産んでないです」

「うそ言わなくていいのよ。お母さん。あたしは知ってるんだもん。本当のお母さんだって。あたし、明日からこの家に来ていいかな。一緒に住もうよ。だって、親子だもん。あたし、親孝行したいの。もう、お店やめなよ。あたしが稼ぐから大丈夫。楽させてあげたいの。だって、親子だもん。あたし、家も建ててあげる。今は赤坂の店のナンバースリーだけど、お母さんのためならナンバーワンになってあげるよ。十八になったらキャバクラでも働けるんだよ。そしたら、一年で何千万も稼げるんだよ。そしたら、好きになってくれるよね？　あたし、おっきな家を建ててあげる。それで一緒に住むの。だって、親子だもん」

　言いながら、美奈子の眼から涙があふれてきた。あおいは見ていられなくて、目をそらした。

「お母さんにお小遣いもあげるよ。なんでもあげる。あたしのもの、全部あげる。だって、お母さんだもん。あたし、お母さんのためならソープに行ってもいいよ。それなら、もっともっと稼げるんだよ。一億とか二億とか稼げるんだよ。それ、全部、お母さんにあげる。だから、美奈子のお母さんになって。あたしのところに戻ってきて。ねえ、お母さん、あたしのお母さん」

「美奈子、やめろ、この人はお前のお母さんじゃない」

「失礼なこと言わないでよ、秋夫！」美奈子が秋夫を向いて、歯をむき出すようにして言った。「あんたには本当のお母さんじゃないから、あたしのことうらやましいんでしょ！このお母さんはあたしのものなんだから、あんたたちなんか本当じゃないんだから。嫉妬してそういうこと言うんでしょ。お母さん、この人たち気にしなくていいんだからね。あたしたちのことを引き裂《さ》こうとしているんだから。でも、絶対、もう離れないんだから。美奈子はお母さんと離れないんだから！　本当のお母さんなんだから」

　祐理も声を振り絞った。「美奈子さん、違う。この人は違う」

「うそばっかり言っちゃって。あたしたちの仲を引き裂いて、自分が親子になろうとしているんでしょ」

「私は、あなたを産んでない。私が産んだ子供は一人しかいないけど、あなたじゃない」広美が静かに言った。「ごめんなさい。だけど、私はあなたの母親じゃない」

「勝手なこと言うなよ！　うそつくんじゃねーよ！」

美奈子がこたつから立ち上がった。

「この女はうそつきだ！　最低の女だ。他に男作って、あたしを捨てて！」

「美奈子、やめろ」

秋夫が立ち上がって、美奈子を抱きしめた。けれど、美奈子はその手を振りほどこうと暴れた。

「お祖母ちゃんの言った通りだ！　このすべた！　あたしの家に勝手に来て、他に男を作って出て行って！　この売女《ばいた》が！」

「どんなに言われても結構です」広美は落ち着いていた。「だけど、私はあなたの母親じゃありません」

「わかったよ！　このきったない女！　あたしの前に二度と来るな！」

美奈子はコートとバッグを持って出て行った。そのあとを、秋夫と祐理が追う。

「あなたは行かなくていいの」広美の声も表情も冷静だった。

「すみません、広美さん」

広美に頭を下げて、あおいも彼らのあとを追った。

走って行くと、商店街の中ほどに泣きながら歩いている美奈子と、秋夫と祐理がいた。

「どうするの？」小声で祐理にささやくと、彼は黙って首を振った。そのまま、四人で電車に乗った。

がらがらの電車に、秋夫、美奈子、あおい、祐理と並んで座った。

「わかってたんだ」

渋谷までの電車の中、半分ぐらいまで来たところで、美奈子がぽつんと言った。

「お母さんが、お母さんじゃないって」

秋夫が美奈子の背をなでた。

「だけど、お母さんがほしかった。ずっと。あの人がお母さんならいいなってずっと思ってた」

祐理も同じこと、言ってたな、とあおいは思った。

「あの人が出て行ったの、あの人が悪いんじゃないの。お祖母ちゃんに追い出されたの。あの人が来て、お祖母ちゃんがうちの財産を乗っ取られるって大騒ぎして、お母さんをいじめていじめて、それで出ていかざるを得なかったの、知ってたの、あたし、全部知ってたの」

あおいも、初めて涙が出てきた。

「でも、許せなかったの。なんで、お母さん、美奈子を捨てたのって許せなかったの。いつか美奈子のこと、迎えに来てくれるって思ってたから。美奈子のこと、好きなら、お祖母ちゃんがなにしても美奈子と一緒にいてくれるはずなのにって」

「もういいよ、美奈子さん、もういいよ」祐理が言った。

「でも、あたし、ふっきれた。今日、あの人にそっけなくされて、なんかわかった、いろいろ」

「じゃ、よかったじゃないか」秋夫が言った。

「うん」美奈子は秋夫の肩に頭をもたせかけた。

あおいも美奈子の手を取ってみた。思ったより、小さくて細い、熱くてびっくりするほど軽い、子供の手だった。見た目は大人っぽいけどまだ子供なんだ。彼女も握り返してくれた。きっと、この手を握って、秋夫さんは彼女のことを守ろうって決めたのかな、と思った。


その日から一か月ほどして、美奈子は店の寮を出て、秋夫と同居することにした、と祐理の元に連絡があった。

5　耳栓をおいていった

水面《みなも》市の児童相談所の一時保護所から出てきた女を見て、児童福祉司の牧瀬弥太郎《まきせやたろう》ははっとした。

「どうしました、牧瀬さん」

内部の案内をしていた悠木理恵《ゆうきりえ》が、急に立ち止まってしまった牧瀬に不思議そうに尋ねる。

「いや、今いた人に見覚えがあって」

「どの人ですか」

「あ、あの人」

牧瀬は、今まさに児相の門から出ようとしている三人を、窓から指さした。背の低い細身の男が四歳ぐらいの女の子の手を引いて行く。同じぐらいの背の高さの、四十がらみの女は二人の後ろを歩いていた。

「内藤《ないとう》さんね」

「内藤?」

「ええ。内藤孝夫《たかお》さん。お子さんは美月《みつき》ちゃん。内藤さん、腕のいい料理人なんだけど、お体が丈夫でなくてね。ぜんそくやら何やら……」悠木は口を濁《にご》した。

「躁鬱《そううつ》?」牧瀬たちの仕事ではめずらしくないことだった。

「……ええ。ちょっと気の弱い方でね。でも、悪い人じゃないのよ。具合が悪い時にはお子さんの面倒が見られないので、こちらで時々、一時預かりしているの」

「あの人は、奥さん?」

「いいえ、奥さんは二、三年前に亡くなったはずよ。あの人は最近、同居されてる人だと思う」

「ここには何度も?」

「そうねぇ。五、六回ぐらいかしら」

「そんなに出たり入ったりじゃ子供も落ち着かないでしょう。児童福祉施設に入れた方がいいんじゃないですか」

「でもねぇ、虐待《ぎゃくたい》があるわけじゃないし、お父さんも自分で育てたいって強くご希望されてるから」

悠木は四十代のベテラン児童福祉司だ。縦も横もどっしりとしていて、一見、肝っ玉母さんのような安定感があるが、ずっと独身だと自己紹介で言っていた。

一時保護所の施設を離れたあと、悠木は牧瀬を連れて相談室、検査室、プレイルームなどをまわった。しかし、そういった場所はどこの児相《じそう》も似たようなものなので、話はつい今見たばかりの三人のことに戻ってしまう。

「そんなの親のエゴじゃないですか。親が鬱の時、子供がどんな不安な気持ちでいるか、わかってるでしょう。子供を落ち着いた環境に置くことが大切ですよ」

検査室で職員と向かい合っている子供を、廊下からドアの窓越しに見ながら、牧瀬は言った。こちらは小学生ぐらいの男の子だ。知能指数をはかる検査をしている。田中ビネーを使っているのかな、と牧瀬は思った。

「……そういうわけにいかないのよ。東京じゃどうかわからないけど、こっちは、まだ、子供を施設に入れるってことに抵抗がある土地柄だから」

「でも……」

「それより、見覚えのある人って？」

悠木は、先をうながしながら尋ねた。廊下をさらに進む。

「あの人、今の内藤さんと一緒にいた女の人」

「ああ、あの人ね。同じ料理屋で働いてた人ですって。今度一緒に住むことになったから、美月ちゃんを迎えに来たの。さっき、柄本《えもと》さんが話してたけど、いい人みたいだった。美月ちゃんも一安心ね。しばらくしたら、一度、おうちの方にもうかがって経過を見ることになると思う」

「結婚されたんですか」

「いえ、今はまだ内縁《ないえん》状態だと思うけど」

牧瀬は記憶をたどってみるが、見覚えがあるというだけで、それ以上のことを思い出せない。直接かかわったケースでないのかもしれない。

「どこかで見たことがあるんだけどなぁ」

「東京で？」

「ええ、たぶん」

「知り合いの人？」

「いいえ。仕事の関係だと思います。児童相談所に来たことがある人のような」

「そうなの？」悠木の眼がちょっと光った。「どういうことかしらね」

「がんばって思い出しますよ」

「ええ」

二人は口には出さなかったが、お互い同じ思いであることがわかった。児童相談所にかかわったということは、残念ながらなんらかの問題があった、ということだ。もちろん、円満に解決していることも多いが、いずれにしろ、一度は何か子供のことで問題を抱えたことのある女なのだ。

「ネットワークシステムで調べてみてもいいかもしれないわ」
「ええ。名前が思い出せれば」
入所一日目から不安な気持ちで、牧瀬のUターン生活は始まることになった。

水面市は、本州の内陸部、中部地方の県の東側に位置する町で、人口は約十万人である。東京からは車で三時間、新幹線を使えば県庁所在地の市までは二時間、そこから在来線で一時間半かかる。

牧瀬弥太郎は、もともと水面の出身だったが、東京の私立大学の心理学科を卒業後、東京都北東部の児童相談所に五年勤めた。しかし、数年前母親が救急車を呼ぶ騒ぎを起こしてから、一人っ子の自分が、地元に戻ろうかと考え始めた。県会議員をしている叔父に相談していたところ、昨年、市役所で児童福祉司の欠員がある、という話を持ってきてくれた。叔父の口利きのおかげもあってか、筆記試験と面接ののち、無事合格し採用された。苦労してやっと希望通りの職を見つけたのに、採用されたとたん、牧瀬の中には苦い思いがわき上がってきていた。

牧瀬が、水面市へのUターン就職を望んでいたのはうそではない。しかし、合格できなかったらそれを口実に帰らずにすむのに、という気持ちが心のどこかにあった。

牧瀬の父親はすでに故人だったが、母親の貴恵《きえ》とは二十ほども歳が離れていた。父親は牧瀬が二十の時、すでに六十を過ぎていた。貴恵は子供のように父と息子に頼って、牧瀬の大学入学時以外は水面市から一歩も出たことがない女だった。牧瀬が東京に行くのも反対したし、水面出身の女と結婚してくれと昔からくり返し言い聞かされていた。貴恵にとって、世界は水面と息子のみであった。子供の頃から、彼女の執拗《しつよう》な視線にずっと絡め取られているような気がしていた。水面に戻って同居すれば、もう、自分は結婚は無理なのではないか、と恐れる気持ちさえあった。水面の女がいいと言いながら、実際にはどんな女を連れて行ってもたぶん、許さないであろうということはわかっていた。

水面に戻る前日、一年ほど前まで付き合っていた、安井由紀子《やすいゆきこ》に電話をした。由紀子は大学の同級生で、私立女子高校の教員をしている。

「水面に帰るんだ」

それを聞いて、由紀子は黙った。

「あっちで仕事を見つけた」

付き合っている間、由紀子はずっと牧瀬との結婚を望んでいた。しかし、この不況下で少子化の中、高い倍率をくぐり抜けて教員になれたことを知っている牧瀬には、それをやめて水面についてきてくれとはとても言えなかった。それ以前に水面出身ではない大学出の嫁を、貴恵が受け入れるとは思えなかった。地元の短大を出たことを何よりの自慢にしている彼女は、それ以下の学歴の女がいいとずっと主張していたからだ。結婚をめぐる意見の相違で二人は別れていたが、牧瀬は帰郷するにあたって由紀子に報告せずにいられなかった。

「そう」牧瀬の話を最後まで黙って聞いていた由紀子が答えたのは、それだけだった。

いろいろ言いたいことはあったけれど、うまく話せる自信もなく、電話を切ろうとした瞬間、由紀子が言った。

「結局、お母さまのところに行くのね」

「ああ」

「それ、どういうことか、わかってる？　自分で」

わかっていた。痛いほどわかっていた。

由紀子に母親のことを細《こま》かに話したことはない。けれど、結婚をめぐる話し合いや、彼女と会っている間もたびたびかかってくる電話の様子から、由紀子は貴恵のことを察していた。

「ああ。わかってるよ」

「じゃあ、なにも言うことないわね。さようなら」

電話は切れた。

児童相談所にいて、さまざまな悲惨な虐待や親子関係を見ていると、自分がどれだけ両親の愛情を受けて育ってきたのか、牧瀬にはわかる。経済的には安定していたし、なんでも買ってもらえた。こんなの虐待とはとても言えない。しかし、そう否定することで、自分は安心を得ているのではないか。それを得るために児相に就職したのではないか、と思うことさえあった。

　暴力なんて一度も受けたことはない。精神的な虐待もない。ネグレクトでは絶対にない。それどころか、なめるようにかわいがってもらった。実際、子供の頃、鼻をつまらせたり、目やにがついたりすると、貴恵はそれをなめて取った。それは牧瀬が中学生になるまで続いた。これが虐待だった、とか、これが悪かったと具体的に指摘できることは何もない。もしも、同じようなことを児相に相談に来た子供がいたら、贅沢だと一笑に付すだろう。

　けれど、牧瀬は貴恵の愛情で、視線で、声で、吐息で、二十七歳の今も縛り付けられていた。見えない貴恵の呪縛《じゅばく》は東京でも感じるものの、水面にいるよりまだましだった。

　水面に戻っても同居はせずに、実家が児相から自動車で四十分ほどかかることを口実にして、施設のすぐ近くのアパートを借りた。貴恵は怒っていたが、息子が戻ってきた喜びで相殺《そうさい》されたようだった。

　由紀子との電話が切れたあと、荷物を運び出したアパートで牧瀬は大の字に寝転がり、大きく伸びをした。そして、これが最後の自由かもしれないな、と思った。

「一次受かった」

祐理から東京都の教員採用試験についてのメールが入ったのは、八月の初め、あおいも就職活動のまっさいちゅうのことだった。会社説明会の中、そっと机の下で確認し、ぎゅっとこぶしを固める。一緒に来ていた美弥がそれに気がついて、「やったね！」と小声で祝福してくれた。

「あと、なんの試験があるの」説明会が終わったあと、美弥に訊かれる。

「たぶん、体力測定と健康診断と面接ぐらいじゃないかなぁ」

「じゃあ、ほとんど決まったようなものじゃん！」

「違うって、これからが大変なんでしょ」そう言いながら、頬がゆるんでしょうがない。

祐理は地元の採用試験も受けていたが、東京が決まれば、こちらに残ると言っている。

「今日はお祝いだね」

「まあねぇ」

うしししし、しっかり体は磨いてきましたかぁ、と美弥はわざといやらしい笑い方をしてあおいをからかうので、バッグで打《ぶ》ってしまった。それでも、今夜は一緒に食事をすることになっている。あおいの家の近くのおいしい焼鳥屋で思いっきり食べるのだ。

店に行くとすでに祐理はいて、カウンター席で大将と話していた。

「おめでとう」

あおいは祐理の背中をひっぱたく。美弥を打った力がまだあり余っていたのかもしれない。

「ひでえなぁ」文句を言いながら笑っている。

「祐理君、すごいよねぇ。教員採用試験て、むずかしいんだろう」三十代後半の大将も祝福した。「あとはあおいちゃんだね」

「嫌なこと言うなぁ」

けれど、すでにあおいは電子機器メーカーから一つ内定をもらっていた。今は食品や化粧品メーカーをまわっている。女性社員に優しいと評判の会社ばかりだ。

「まあいいじゃん。今日は、好きなもの、何でも食べよう」

ここの焼き鳥は一本二百円もするので、お金のある時だけ、それも千円で六本の盛り合わせを頼んで、ふたりで仲良く半分に分ける。けれど、今夜はお好みで好きなものを頼むつもりでいた。

「これ、お店から」と大将があおいも祐理も大好きなつくねを二本サービスしてくれた。からめて食べる卵の黄身が二つ輝いていて、お祝い気分を盛り上げる。レモンサワーで乾杯した。

「ああ、いい夜だなぁ」祐理は赤い顔でつぶやいた。「サークルのやつらも明日、お祝いしてくれるってよ」

「よかったね」

「あのさ、あおいにだけは言うんだけど」

「うん」

「もちろん、まだ決まったわけじゃないよ」

「うん」

「これからの面接とかの方が大変だと思ってるし」

「だけど、いろいろがんばってきたじゃない」

祐理は昨年の後半から、忙しい合間をぬって、日本に来ている外国人の子供で学校の勉強について行けない子たちの学習指導をボランティアでしていた。

「ああいうことを面接で話せるんじゃないの」

「まあなあ、けど、実際は貧しい出稼ぎ外国人の子供なんてほとんどいなくて、皆、裕福な子ばっかりだったのは予想外だったけど」

「それも、経験してみないとわからないことでしょ」

「ああ、それよりも」

「ん」

「本当にまだわからないんだ。これからどんな試験になるのか」

「そうね」

「もしも落ちたら、来年も引き続きがんばらなきゃならないし」

「それは大丈夫でしょう」

「わからないけど、だけど」祐理は両手を握りしめた。「こんなこと言って、偉そうで、いい気になってると思われるかもしれないけど」

「思わないって、なに？」

「……今夜は、世界を取った気分だ」

祐理は一言一言、嚙みしめるように言った。

「ほら、『タイタニック』の中で、ディカプリオが船の舳先《へさき》に立って言うじゃないか、『世界はおれのものだ！』って。あんな気分だよ」

いつも大人しく、自慢なんてしたことがない祐理が言うのだから相当嬉しいんだろうとあおいは思った。

「よかった、本当によかったね」

「おれが言ったって、誰にも言うなよ。こんなこと。今夜しか言わないんだから」

「ふふふ。言わないよ」

「なんか、ちっちゃい世界だけどな」

「そんなことないよ」

「でも、よかった……安心した」体中の息を吐き出すように、ため息をついた。「本当にほっとした」

「もっと飲もう」あおいはメニューを取り上げる。「ほら、飲みがたりないって」

「うん。けどな、あおい」

「うん」

「ちょっとおれの話、聞け」

あおいの手からメニューを奪って置く。

「なによ」

「うん？」祐理は微笑みながら小首をかしげる。

「だから、なによ」メニューを奪い返そうとすると、それを拒否するように手を遠くにやった。

「あおい」

「ん」

「好きだよ」

「え」

「結婚しような」

「え？」

突然、だった。祐理はまっすぐあおいを見ていた。

「教員採用試験に受かって、あおいが卒業したら結婚しよう」あおいの手を握った。そんなこと、人前でしない人だから、どきどきした。

「え。本気なの？」

「うん」

「本気にしちゃうよ」

「冗談で言うかよ」

「いいの」

「あおいの他、いない。こんな気持ちになったの。家族になってほしい」

祐理の言う家族は、ずっしりと重かった。だからこそ、あおいは嬉しかった。

「……あたしも」

誰もいなかったら、キスしたいところだった。

祐理はメニューをあおいに渡す。「さ、好きなもの頼んで」

あおいはメニューを手に取って、自分の手が細かく震えているのに気がついた。感動していた。

「ただね、あおい」

「うん」

「ひとつ、お願いしたいことが」

「なに。なんでも言って」

彼の願いならなんでも受け入れるつもりだった。

「大学を卒業したら、おれは広美さんと同居する。母親として引き取って、面倒をみようと思うんだ。それをあおいも受け入れてほしいんだ」

「え」自分の顔色が変わっているのを感じるが、愛想笑いもできない。

結婚の興奮が一気に冷めた気がした。広美が嫌だというわけではない。けれど、それとこれとはまた別の問題だ。

祐理は、まっすぐこちらを見ている。それに答えなければならないと思いながら、あおいは何も言えないでいる。


「ご飯、食べた？」

部屋に戻ったのを見計らったかのように、母親の貴恵からの電話が鳴った。

「今夜は歓迎会だった」

「どこで飲んだの」

「駅前の居酒屋」

「なにを飲んだの」

「ビールとか……サワーとかだよ」

貴恵はその内容を詳しく訊いた。ビールの量、サワーの種類。

面倒だと思いながらも牧瀬は素直に答えた。ここで口答えをしたら、あとで何倍もやっかいなことになると経験で知っていたからだ。

「おつまみはどんなもの？」

「なんだったかな。から揚げとかポテトフライとか」

「油はちゃんとしてた？」

「油？」

「そう。揚げ物は油がいいものじゃないと、体にすごく悪いのよ。酸化してることもあるし、前に中国で廃油を使ってるなんてこともあったでしょ」

「さあ、わからないよ」

「油がわからないような店で食べるんじゃないわよ。そんなら、これから、外で揚げ物は食べてはだめ。うちで食べなさい。お母さんが作ってあげるから」

「ああ」

「もずくは？　食べた？」

「もずく？　なんで」

「この間テレビでやってたわよ。飲む前にもずくはいいって。だからお母さんがたくさん送ってあげたでしょ。その時に手紙に書いたじゃない」

「たぶん、サラダかなにかに入っていたと思う」適当にうそをついた。

「それならいいけど、これからは必ず注文して、飲む前に一皿食べなさい。他の人にはあげないで一人で一皿食べるのよ」

「ああ」

そんなことできそうもなかったが、働いたことがなく、職場の飲み会など経験したことのない貴恵にはわかるはずもない。

それから、締《し》めのご飯ものは何を食べたか、だとか、何時まで飲んでいたのか、とか、家までどうやって帰ったのだ、とか、貴恵は逐一《ちくいち》尋ねた。

「明日の朝はなにを食べるの」

どうせ朝はまた電話してくるはずなのに、わざわざ訊く。

「なにかな。パンを焼いて食べるかな」

「そのパン、三日前に買ったやつでしょ？　あれは食べてはだめ。古いわ。それにパンの朝食は体に悪い。パンには油や砂糖や添加物がいっぱい入っているのよ。あなた、やっぱり、うちに来なさいよ。ここで一緒に住んでたら、お母さんが朝も夜もお弁当も作ってあげる。下宿代もかからないし、結婚資金も貯められるわよ。そうよ、そうしなさい」

答えなかった。彼女と話している時は何を言っても無駄だった。否定したり拒否したりする時は黙るしかない。

「ねえ、そうしなさい。そうするのが一番いいのよ。そしたら、車も買ってあげる。うちの裏に置くといい。そのあたりじゃ、駐車場代だってばかにならないでしょう。大家さん、いくらだって言ってたっけ、そこの駐車場」

「五千円」

「五千円！　もったいない。どぶに捨てるようなものだ。ああ、ばからしい」

「車は持たないよ」

「このあたりで車がなかったら、どこにも行けないわよ。お母さんがまた倒れたらどうしたらいいの？　連れて行ってくれる人はあなたしかいないのに」

「救急車か、タクシーを使えばいいじゃないか」黙っていればよかったのに、つい口が滑ってしまった。

「救急車！　タクシー！　情けないことを言ってくれる。もう、お母さん涙が出てきた。三年前に倒れた時、救急車を呼びました。近所の人がわらわら出てきて、どうしたんですか、なにがあったんですかって大騒ぎ。皆、可哀想なものを見るような目で私を見て、見世物になったわよ。ああ、牧瀬さんのとこ、息子さんが東京だから救急車なんて呼ぶんだ、可哀想にって同情されて、私は救急車の中で泣きました。ほろほろと」

貴恵はこういう時、急に新派《しんぱ》調というか、田舎芝居みたいな口調になる。

「タクシーなんて、呼んでる間に死んでしまうよ。お母さんが死んでいいのかしら。このたった一人の息子は」

本当に泣き声が聞こえてくる。牧瀬は深いため息をついた。こうなったら、ただ聞いているしかない。

三年前、貴恵が救急車を呼んだのは、ただの過呼吸なのだ。

一時間後、やっと電話を切ってくれた。

しかし、無視することもできない。学生時代、あまりにたびたびかかってくる電話を一度無視したら、貴恵は半狂乱になって、牧瀬のアパートの近くの交番に連絡をし、警官が訪ねてくる騒ぎになった。過呼吸の時も牧瀬がこのまま東京で一生暮らすかもしれない、とつい口を滑らせたあとなのだ。

これが付き合っている女ならとっくに別れているだろう。けれど、母親とはどうしても別れられない。捨てられない。

ものの少ない部屋の中で牧瀬は寝転がった。

貴恵が自分を思いやってくれていることはよくわかる。彼ももちろん母親を愛していた。もしも、彼女がいなくなったら、しばらく立ち直れないのではないかと思う。だからこそ、こちらに越してきた。その一方で、死んでくれたら、どれだけすっきりするだろうか、とも考えてしまう。

いや、そんなことを考えてはいけない、と強く打ち消す。

ふっと、今日、一時保護所で見かけた女のことを思い出す。いったい誰だったのか。しかし思い出せないまま、酔いも手伝ってとろとろと寝てしまいそうになる。

四月とはいえ、夜になると気温が下がってくる。いけない、いけない。これで風邪なんかひいたら、また母親になんて言われるか。そう思った瞬間、牧瀬の頭の中にひらめくものがあった。

飯田元《いいだはじめ》の妻ではないか、あの人は。

慌てて起き上がる。女の白い顔、えくぼ。

女がゆっくりとお辞儀をしていた様子が思い浮かぶ。体がぶるりと震えたのは、冷え込みのためだけではなかった。

卒業したら、広美と暮らす。

祐理の宣言は酷《こく》なもので、あおいはずっとそのことを考え続けている。

八月の半ばに自然派化粧品メーカーの内定をもらった。

そこは結婚後や妊娠出産後の福利厚生もしっかりしていると評判の会社で、社内に託児所まである。最近では粉ミルクの開発にまで乗り出しており、女性が働きやすい職場と雑誌などにも何度も紹介されていた。あおいの第一希望の会社であったのだが、どうも、気持ちがすっきりしない。

祐理も喜んでくれて、お祝いをしようと言っているのだが、彼の方も採用試験の面接などが始まっており、お互いの忙しさにまぎれて、会っていなかった。

いや、本当は会おうと思えば会えるのだが、あおいはまだ気持ちが定まらない。

広美が悪いわけではないのだ。彼女のことは理解しているし、祐理の気持ちもわかっているつもりだ。けれど、実の母親でない人と、同居までしなくてもいいのではないかという気持ちがどこまでもつきまとう。

何も知らないあおいの両親は、祐理の採用試験とあおいの就職活動がうまくいっていると、ただただ喜んでいる。特に母親は祐理が東京都に採用されそうだと聞いて、大はしゃぎしていた。十月に正式な発表があったら、家でお祝いしましょう、と今から計画している。

この両親に、広美との同居を話したらどうなるか。

広美が実の母親だったら、まあ、少しはさびしがるかもしれないが、東京に住むということで許してくれるだろう。しかし、彼女が昔数年間一緒に暮らしただけの、言うなれば赤の他人だと知ったら？　たぶん、猛反対するだろう。あおいにどうしてそんな責任や苦労を背負う必要があるのか、と言うだろう。

いや、両親のことはまだいい。あおい自身の気持ちはどうなのか。

広美は悪い人ではないし、嫌いではない。けれど、同居なんかできるのか。せめて新婚の間はふたりで暮らしたい。

それより何より、祐理が自分より先に彼女を選んだような気がするのに、抵抗があるのかもしれない。あたしと、お義母さんのどちらが大切なのか。古典的な嫁姑《よめしゅうとめ》問題の感情が、まだ結婚もしていないうちから持ちあがってしまうのもなんだか悲しかった。今はうまくいっている広美との仲も、同居することによってむしろ壊れてしまうのではないかという心配もある。

あおいの許可を取るのが先で、このことはまだ広美には話していない、と祐理は言っていた。

そしてまた、これに反対したら、なんだか自分が冷たい嫌な女に見られてしまうのではないかという切ない危惧《きぐ》もあった。

祐理に明確な返事をしないまま、新学期が始まった。

その後、祐理の方も何も言ってこない。学校で顔を合わせても、わざわざ尋ねたりしない。

もしかしたら、あのことは酒に酔った上での思い付きだったのかもしれない。けれど、祐理がそんなことを軽々しく口にするような人間には思えない。彼なりに熟考しているはずだった。


十月に入って、祐理は休日にあおいを誘ってきた。見せたいものがあるという。あおいの実家から、さらに四つ、都心から離れた駅前を、待ち合わせの場所に指定した。

実家から近いと言っても、あおいもほとんど降りたことのない駅だった。意外と駅前は開けていて、いい商店街がつながっている。

「おう」祐理の方が先に来ていて、改札口で手を振った。

「こんなところに呼び出して、どこに行くの？」

「まあまあ、ついてきなさい」

祐理は商店街の中をどんどん歩いて行く。あおいはちょこまかとそのあとを追った。

商店街を過ぎると、細い川沿いの道がある。その道を歩いていく。その川からもそれて脇の道に入った。すでに十五分近く歩いている。あおいは軽く息を切らしていた。

「ここ、どこ？」

「もう少しだよ」

祐理はあおいの手を取って歩をゆるめた。

「この家だ」急に古い一軒家の前で立ち止まる。

「え」

木造の一軒家だった。はっきりはわからないが、築年はかなり古そうだ。ただ、小さいけれど庭があって、日当たりのよさそうな家だった。

「誰の家？」

「おれの」

「え。どういう意味？」

「ここ、借りようかと思うんだ。あおいの家からも近いし」祐理はポケットから鍵を出した。

「特別に鍵を借してもらったんだ」

迷いのない足取りで門扉《もんぴ》を開けて入っていく。あおいもそれに続いた。

本当に古い家だった。築四十年だってよ、とむしろ楽しそうに祐理は言った。一階は台所と居間、風呂トイレ、四畳半の小部屋、二階は六畳二間。すべて和室だった。

「家賃は八万六千円。ぎりぎり払える」

二階の窓を開けて、外を見ながら、祐理は言った。あおいは黙って小さな庭を見下す。隣の家がすぐまぢかに迫っていて、景色はほとんど見えない。

「ここに住まないか。結婚したら」

「……広美さんも一緒に？」

「ああ」

祐理の狙いは途中からわかっていた。確かにここなら、三人で暮らせる。

「広美さんはなんて言うかしら」

「わからない。たぶん、断わるだろうな」そう言いながら、祐理はほがらかだった。「でも、誘うことが大切なんだ。あの人の場所を用意して、いつでも受け入れるってことを言ってあげることが大切なんだ。あの人は、おれを受け入れてくれた。すべてを受容してくれた。そのお返しをしたい」

「祐理の気持ちはわかる」あおいは一言一言慎重に言葉を選んだ。「だけど、実の親でない人に、どうしてそこまでしてあげるのって、正直思う。それにあたしも新婚ぐらいはふたりだけで暮らしたい気持ちもあるし……近くに住む、とか、他に解決法はあるのじゃないかしら」

「そうだね、そうかもしれない。けど、実の親と実の親じゃないのってどう違うの。なにが違うの。血がつながってるとかつながってないとか、ただの形式のことでしょ。だったら、血がつながってるって思えばいい。むしろ、思いたい。あの人と血がつながりたかった。それに……」言い淀む。

「なに？」

「あの人と一緒にいられるのは、そう長くない気がする。それなら、少しの間だけでも一緒にいたい」

「そんなの、わかんないじゃない」

「誘わなかったら、あの人はきっとそのうちどっかに行ってしまう。今はいいよ。一人で働いて、生きていけるだろうし。だけど、そのうち、体が動かなくなるだろう？　そうなった時、あの人が日本のどこかでたった一人で死んでいくんだと思うと、たまらない気持ちになる」

「そう……」

あおいもその気持ちはわからないではないのだ。自分だって、母親や父親が一人で誰にも知られずに死んでいくと思ったら、やりきれない。けれど。

「それなら、こうしたらどうだろう。まずはおれらが住んで、広美さんに『いつでも来ていいですよ』って言っておくっていうのは。その方が彼女も来やすいだろうし、何度か遊びに来てもらったりしているうちにその気になるかもしれない」

「……そうね」

もしかしたら、広美は来ないかもしれないし、確かにとりあえず住んでみるというのは、いいかもしれない。それならあおいにも受け入れやすかった。

「結婚してくれる？」

祐理の言葉に、素直にうなずき、身をもたせかけた。まだ、心の底から承諾したわけではないが。

翌日は施設内で、前任の福祉司から事務引継ぎを受けた。

前任の福祉司は、前田《まえだ》麻衣《まい》という入所三年目の女性だった。童顔で実際よりもずっと若く見える。結婚のための退職と聞いていたが、前日、彼女のことを称して悠木理恵が「あの人はお嬢さんだからね」と言いながら唇を曲げていたのを思い出す。かわいらしく、子供たちにも「まいちゃん先生」というあだ名がついて人気者だったらしい。

結婚後はどうするのですか、と尋ねると、近所の保育園の時間外保育のパートをすると嬉しそうに答える。思わず、それでは、今の仕事と変わらないではないですか、やめなければ良いのに、と口を滑らすと、さっと顔色が変わった。

彼女のような人間は少なくない。育ちのいいお嬢さんが、大学で心理学を学び、子供が好きだから子供のために働きたいから、と児童福祉の仕事を目指す。成績も良く性格も良いが、中に入ってみれば、立ちはだかる現実に押しつぶされてやめてしまう。結婚は逃げるいい口実になっているが、彼女自身、自分が逃げているとは思いたくないのだろう。

しかし、牧瀬もそれを否定することはできなかった。きつい仕事だ。人間の残酷さ、弱さ、自分や行政の無力さなどを、日々実感させられる。

とはいえ、東京にいた頃に比べれば、彼女から引継ぎを受けたケースはそう多くなく、火急《かきゅう》に対応が迫られているようなものもないようだった。それは彼女自身のメンタリティによるものかもしれないが。

「これは、継続指導、こちらの一時保護委託のケースは措置変です。こちらは家裁の審判を待っています……」

前田の説明の合間にも、初日に会った女の顔がちらちらと頭に浮かぶ。

作業の合間にネットワークシステムで調べてみる。飯田元の名前では記録があった。二年前に事故死と記されている。息子の飯田保《たもつ》は現在小学校三年生、都立の児童養護施設に入所していた。写真は一年生の時のものだ。涼しげにもさびしげにも見える目元に見覚えがある。女に関する記載はなかった。内縁状態であったし、短い間だったからだろうか。実際、牧瀬が彼女に会ったのも数回だ。直接の担当ではなかったし、家を訪問したこともなかった。

試しに、飯田元の名前でインターネットの検索をかけてみる。同姓同名らしい医師の学会の研究発表以外、何もヒットしなかった。単純な事故だったから、ニュースにもなっていないのだろう。

もう一度ネットワークシステムを検索する。飯田保の記載の中に、虐待の文字があるのに、ため息が出た。

飯田元はエリート商社マンで、息子の保と二人、高級住宅地の中の一軒家に住んでいた。保の母親は、夫の暴力に耐えかねて保が幼い頃に家を出、行方不明のままだ。虐待がなかなか顕在化《けんざいか》しなかったのは、高い塀に囲まれた大きな家であるからと、幼稚園などでその事実が指摘されても、飯田が転園させてしまうからだった。それでも、幼稚園の年長組に入る頃には要注意人物として、児童相談所にマークされていた。

飯田はエリートな上にハンサムで口がうまく、家に出入りする女性もころころと替わった。皆、彼の外見や経歴に惹《ひ》かれて付き合い、同棲したとたん、激しい暴力に驚いて出て行ってしまう。女性と長く続かないことも、保への暴力がなかなか公《おおやけ》にならなかった理由だった。当然、児童相談所はたびたび保を施設に入れるように飯田に勧めていたが、彼は承諾しなかった。

あの女が飯田の家に来たのは、保が小学校に入る少し前だと聞いている。定期的に訪問している、担当の児童福祉司、西村俊夫《にしむらとしお》が家を訪ねると、彼女が玄関口に出てきた。西村が訪問の理由を告げると、大変驚いた顔をしていたそうだ。まだ来たばかりで、飯田の暴力は始まっていなかったらしい。彼は名刺を渡して、何かあったら連絡するように、と言って帰った。

「あの人も、数か月と持たないだろうよ」

彼は所に戻って噂した。

そんなことを言うぐらいなら、早く強制保護すればいいのに……五十代の大ベテランの福祉司、西村の言葉に内心反発したのを、牧瀬は覚えている。けれど、西村には西村の方針があった。強制保護が成功すればいいが、裁判所でそれが認められなかった場合、飯田の性格上、児相との関係は完全に切れてしまう。引越しや退園をされたら、指導さえできなくなってしまうかもしれない。それなら、今の、少なくとも対話はできる関係を保ちつつ、自主的に施設に入所できるまで説得を続けたい……

牧瀬には賛成しきれない考え方ではあったが、確かに現実的と言われれば、そうとも言え、強く反対できなかった。

そして、その日が来た。

金曜日の夕方、児童相談所にあの女と保がタクシーで飛び込んできたのだ。西村は外出しており、ちょうど在席していた牧瀬が対応した。

タクシーから降りてきた女は血だらけで裸足《はだし》だった。やっぱり裸足の保を抱きしめていて、ぶるぶると震えていた。彼女の頭がぱっくりと割れていて、そこから出た血で髪が濡れ、半《なか》ば固まりかけていた。顔は腫《は》れあがり、片方の目が開かない状態だった。口から血が出ていたので、歯も折れていたかもしれない。

保が無傷だったのは、女が身をていしてかばったためと思われた。女は金を持っていなかった。牧瀬がタクシー代を払って、病院に所《しょ》の車で連れて行った。

治療したのは、これまでも虐待の患者を児相からなんどか連れて行ったことのある中年の医師だった。彼は慣れた手つきで写真を撮り、レントゲンを撮った。見たところ、保には傷ひとつなかったが、女は「保ちゃんを、保ちゃんを先に」と自分は血だらけのまま言って聞かなかった。保には、擦り傷ひとつ、打ち身ひとつなかった。医師が「息子さんは無事だよ。お母さん、よく頑張ったね」と告げると、女は大粒の涙を流した。

治療が終わって、女は一日入院することになった。牧瀬が、保は一時保護所に預かる、警備員もいるし、絶対に飯田には渡さない、と言ってもなかなか彼の手を離さなかった。牧瀬が「今夜は僕も保護所に泊まりますから」と提案すると、やっと保の手を離した。女の腕の中で、きょとんとしたような顔をしていた保も、その時、やっと泣き出した。

医師は保と帰ろうとする牧瀬に、「あれはひどい。もう、家には帰さない方がいい」とささやいた。あそこまでできる男はまたやるよ、絶対治らない、と。牧瀬も同感だった。最後に彼が、女と保は実の親子じゃない、と告げると、医師はびっくりした顔をしていた。

翌日、西村と一緒に牧瀬は病院を見舞った。

まだ腫れている顔で、女はぽつぽつと起きたことを話した。飯田が最近、仕事がうまくいっていないようであること、昨日も平日なのに会社に行かず、酒を飲んでいたこと、それを指摘したらいきなり殴ってきたこと。同居するまではとても優しく、紳士的であったこと……

「どこで知り合われたのですか」と牧瀬が尋ねると、ちょっとためらったあと、「お店で……」とささやいた。どんな店なのかは言わなかった。

西村は、彼女の緊張を解きほぐすように過去のことなどを雑談に織り交ぜて訊いていく。

「あなたは結婚されたことはないの？」

「……一度だけ」

「お子さんは」

「……一人」

「婚家《こんか》においてきた？　そう、それはつらかったでしょう。母親がわが子と離れるほどつらいことはないもんねぇ」女はわっと泣き出した。「だからあなた、あんなに保君をかばえるんだ。本当のお母さんだから」

口がうまいなぁ、と隣で牧瀬は感心していた。

「どうして出てきたの？ やっぱり暴力？」

女は首を振る。「お義母さんがきつい人で、私はあの家にふさわしくないって」

「そんな。こんなに立派なお母さんはどこにもいないのにねぇ」

女はさらに泣いた。

ご両親は？ ご兄弟は？ という質問には答えなかったが、故郷を訊くと、「神奈川です」とつぶやいた。

西村が今後のことを話した。保はしばらく一時保護所で面倒をみるが、最終的には施設に入るのが一番いいのではないか。けれど、それには、親権と養育権を持った飯田の許可がいる。強制保護するためには裁判所の許可がいるし、なかなか難しい。場合によっては、告訴することになるかもしれない。

「保ちゃんと私と二人で暮らすことはできませんか」

「あの子は、あなたの子ではないでしょう」西村が驚いて言った。

「やっぱり、だめですか……」女は落胆していた。

保を引き取りたい、という言葉は意外だったが、前日の彼女の様子を見ていた牧瀬には気持ちがわかった。

子供は一時保護できるが、あなたのことは預かれない。退院したら、どこか行くあてはあるか？　両親や兄弟が近くに住んでいないのか、と西村が訊くと、女は首を振ってホテルにでも泊まります、と言った。故郷は神奈川なのに……しかし、理由は二人とも尋ねなかった。

しかし、結局、飯田は保を施設に入れることを、どうしても了承しなかった。ベテランの西村が何度も説得に通い、「あなたもお仕事が大変でしょうから、一時、施設に預けてみたらどうですか。お仕事もうまくいくようになるかもしれませんよ」などと上手に話をしたが、どうしても首を縦に振らなかった。一週間ほどで彼は息子を引き取った。その知らせを、児相で西村から聞いた女は仰天《ぎょうてん》していた。

「あれだけのことをしているのに、ですか？」

「私たちができることの、これが限界なのです」西村は苦々しく言った。

「信じられません」

「あとは奥さんが告訴して、彼を逮捕させることもできますよ」思わず、牧瀬が隣から口をはさんだ。しかし、西村が「ただ、そうなると、あの家にはもうあなたは帰れなくなる」と付け加えた。

女はしばらく考えていたが、「おそれいりましてございます」とうなずいて、飯田の家に帰っていった。

「あんな亭主でも、惚れているんですかね」

女が帰ったあと、牧瀬が腹いせにつぶやくと、西村は哀《あわ》れむような目で彼を見た。

「彼女がいなかったら、誰が保くんを守るんだ」

それもわからないのか、と言われたような気持ちだった。

一か月ほどして、西村が飯田の家を訪ねると、もう、女はいなかった。

「結局、出て行ったんですかね」

「近所の人に聞いたら、あの後も怒鳴り声や叫び声がしてたらしいから、さすがに耐えかねたんだろう」

牧瀬はなんだか、肩透かしを食らったような気がしていた。


それから、数か月後、飯田元が亡くなった、という連絡が児相に入った。泥酔して家の階段から落ち、頭を打ったらしい。即死だった。深夜、保が寝入ったあとのことで、警察は事故として処理した。保は児童養護施設に入ることになった。

しかし、牧瀬はそれを聞いた時、戦慄《せんりつ》した。

実は、彼はその数日前、女に会っていた。日曜日に由紀子と映画を観たあと西新井《にしあらい》の駅で帰りの電車を待っていた。目を上げると、向かいのホームに、あの女がいた。

はっとした。彼女は白いステンカラーコートを着て、肩ほどまでの髪が揺れていた。牧瀬と目が合うと、一瞬、そらそうとしたが、彼が気がついているのがわかって、ふっと微笑んだ。

「どうしたの」隣の由紀子が尋ねた。

「いや」

その時、電車がホームに入ってきた。電車が通り過ぎた時、彼女はもう消えていた。

何かに挑むような、牧瀬を挑発するような、いやに攻撃的な笑みだった。

祐理と会ったあと、家に戻ると、モーツァルトのオペラが小さく聞こえて来た。父親の一番好きな曲だ。居間をのぞくと、両親が楽しそうにおしゃべりをしながらワインを飲んでいた。

「あおい」母親が弛緩《しかん》した声で尋ねる。「あおいも飲む？」

「ちょっと、もらおうかな」

何がおかしいのか、あおいの答えを聞いて、二人は顔を見合わせて笑う。あおいは注意深く、ふたりの隣に座った。

「あのさぁ」あおいは、母親がグラスに赤い液体を注ぐのを見ながら言う。「あたし、結婚しようかって言われた。祐理君から。大学卒業したら」

「え」両親がほぼ同時に驚いた。

「あ、もちろん、祐理君が採用試験に合格したら、だけど」

ふたりが顔を見合わせているのがわかる。あおいは顔を上げずにワインの色を見つめた。まるでそこからワインの出来不出来をはかる、ソムリエのように。

「今日、家を見に行って来たんだよね。ここから駅で四つの新城橋《しんじょうばし》駅から歩いたとこ。

祐理君が実家の近くがいいだろうって」

「そんな」やっと母親が口を開く。「急に」

「まあ、そうだけど。まあ、今日はただの見学ってことで」

「こちらに挨拶もないなんて、祐理君らしくもない」

「ああ、まだ、ただ、あたしはどう思うかって訊いただけだから。そんな挨拶なんて、まだ」

「だけど、家を見に行くって、そこまで話が進んでるってことでしょ」

「いや、それは、祐理君のお母さんも住むから……」

「え、祐理君てお父さんしかいないでしょ。お母さまは亡くなったんじゃないの」

「それが……」なんと説明したらいいのか、迷う。

父親が立ちあがって、オペラの音を消した。居間がしんとする。

あおいは祐理と広美のことを説明した。一年ほど前に、祐理が偶然出会ったこと、血はつながっていないが、面倒を見たいと彼は言っていること……

「そんな。どうして、あおいちゃんがそんな人の面倒を見なきゃいけないの」母親はあおいが思った通りの反応だった。「たとえ、実のお母さまでも、同居するなんて、そんな苦労を今からしなくたって」

母親は父親の方を見た。「ねえ、お父さん、お父さんだってそうでしょ」

「……そういう大切なことを、どうして、祐理君はちゃんと私たちに話さないのかな」父親は不機嫌そうに言った。

「だから、まだ、そこまで話が進んでないんだって。広美さんにも言ってないみたいだし」

「順番が違う、順番が」

そう吐き捨てるみたいに言うと、父親は組んでいた手をほどいて、二階に上がってしまった。

「怒ってるのかな」

「当たり前でしょう。ねえ、あおいちゃんはどうなのよ。本当に、祐理君とそんなふうに暮らしたいの？　よくわからない人と一緒に……」

「それは」

「あおいちゃんだって、迷ってるんじゃないの」

「そうだけど」

「やっぱり、一度、祐理君がうちに来て話してくれないと、どうにもならないわよ」

「でも、まだ、決まったわけじゃないし」

「だからこそ、最初から、嫌なら嫌だと言っておかないと。こういうことは、一生のことなんだから」

「そうだけど……」

「とにかく、私たちは反対。まだ結婚を急ぐ歳でもないでしょう」

母親の言うことはいちいちもっともで、あおいも何も言えなくなってしまった。


数日後、前田麻衣から引き継いだケースの書類を読み込んでいた牧瀬弥太郎は、悠木から声をかけられた。

「牧瀬君、どう？　担当のケースはだいたい把握できた？」

「ええ。まあ、そう量も多くないみたいですし」

「前田ちゃんのケースなら、たぶん、問題ないわよね。牧瀬君は十分経験を積んで来てるんだし」

「いやー、こちらではまだ初心者です」頭をかいて見せた。

「そういえば、前に言ってた女の人、どうなった？　内藤さんの奥さん。誰だか、思い出した？」

はっとした。悠木にはあの時、話したのだった。

「いや、まだ」すらっと口からうそが滑り出た。「わからないんです。もし、よかったら、担当の人が家庭訪問する時に一緒に行かせてもらえれば……」うそをついたことに、自分でも驚いていた。

飯田元が死んだあと、自分はもっと積極的に動くべきだったのかもしれない、と今になっては思う。けれど、あの頃は大きな案件をいくつもかかえて忙しく、何より元の死と彼女とを結びつけるのが怖かった。自分の気持ちに蓋《ふた》をして封印してしまった。

「内藤さんの担当は、確か柄本さんね。まあ、牧瀬君はまだたいして忙しくないし、このあたりのことを知ってもらうのにもいいかもね。柄本さんに話しておきましょう」

「ありがとうございます」

頼んでしまったあとで、牧瀬はまだ迷っていた。顔を見て確かめたかった。けれど、何を確かめたらいいのかも、何を言ったらいいのかも、わからないのだった。

内藤家を担当している柄本は、もともと一般の市役所職員だった男だ。児相に異動して三年目になる。

「牧瀬君の親御さんは、こちらに戻ってきて、お喜びでしょう」

年齢は三十六だというが、眉毛が長く下がっているのと、口調が優しいので、なんだか好々爺《こうこうや》のような風情がある。

「柄本さんはもともとどのようなお仕事を？」

「僕はね、窓口。生活保護支給の窓口業務。畑違いだから、最初、大変だったよ」

「そうでしょうねぇ」

「一時保護委託とか、措置変とかさ、なんか専門用語が飛び交っているんだもの」

「ええ」

「まあ、悲惨さと言えば、生活保護もきついけどね」

「内藤さんのところは長いんですか」

「うん。ここに移ってからずっとだから、三年かな。悪い人じゃないんだよ。腕のいい料理人なんだけど、どうしても気分の上下があってね」

「躁鬱ですよね」

「僕はあんまりそういう言葉は好きじゃないんだよ」のんびりと言う。「一度その言葉を使ってしまうと、それだけで理解した気持ちになってしまうみたいな気がして」

そういえば、悠木さんも躁鬱という言葉は使ってなかったな、と牧瀬は思い出す。こちらの人は直接的な言葉は嫌なのだ。

「すみません」

「いや、いいんだけどね。まあ、ずっと施設に移るように指導しているんだけど、それができてないのは、僕の力不足かもしれないし」

牧瀬が、「なんで、施設に早く移さないのか」と言ったのを伝え聞いたのかもしれない。

「美月ちゃんもお父さんになついてるし……」

「でも、鬱の時は」

「ご気分が落ち込みがちの時ね」柄本がさりげなく言い直す。「そういう時はほとんど彼女の面倒を見られないらしい。この頃じゃ、近所の人の方が、気がついて、連絡してくれるから助かるよ」

「……その同棲している女性は」

「ああ、広美さんね。いい人だよ。内藤さんのこともよく理解しているみたいだし、なにより、美月ちゃんをかわいがってくれている」

「そうですか」

自分は彼女に会って、どうしたいのか。このところ、ずっと考えていたことをまた考える。何かを確かめたいのか。けれど、確かめて何かがわかったら、どうするつもりなのか。

「着いたよ」

柄本が車を停めたのは、国道から少し入った、住宅地の中に畑や果樹園が混じる一角の、二階建てのアパートの前だった。十ほどの部屋が並んでいる。

「いらっしゃいますかね」

「さっき電話しておいたから、大丈夫」

「旦那さんは」

「今日はもう仕事に出ているって」

一階の中ほどの部屋のドアをノックする。はい、と広美の声がした。その小さな声は、牧瀬の胸を揺らした。

「児童相談所の柄本です」

内側からドアが開いて、中から広美が顔を出した。

目が合う。一瞬というには、ほんの少し長い時間が流れて、彼女の方から目をそらせた。

肌の白さ、えくぼ、ふっくらした唇。間違いない、と思った。

「あ、すみません。柄本です」

「どうぞ、どうぞ」

家に上がるというのは織り込み済みだったのだろう、広美は体を斜めにして二人を中に入れた。

「こっちは、新入りの児童福祉司の牧瀬君です」柄本が紹介する。

「はい？」広美はちょっと小首をかしげて牧瀬を見たが、表情は何も変わらない。「どうぞ」もう一度言った。

部屋はキッチンに二間の造りだった。一番奥の和室に通される。座卓の前に向かい合って座った。子供のおもちゃなどがあるものの、部屋はきれいに片付いている。

「お構いなく」

キッチンに立っている広美に、柄本が声をかける。「奥さん、ここの生活はどう？　慣れた？」

「はい。いろいろお世話になって、申し訳ありません」

広美はお茶を持ってくる。

「今日、美月ちゃんは？」

「保育園です」

「旦那さんは、最近どう？」

「いいですよ。今日も仕事に行ってます」

「そう。奥さんが来て、落ち着かれたのかもねぇ」

内縁でもおかまいなく、奥さん、お母さん、などと呼びかけるのは、児相では自然なことだった。その方が、相手も気持ちを開いてくれると教えられていた。

「こっちも一安心だ」柄本が言った。「児相としては、一時預かりももう五回以上になるし、できたら施設の方になんて、旦那さんにもご相談してたんだけど」

「そんな」広美は微笑む。「必要ないと思います」

「この様子ではね」

柄本と話す広美の横顔を見つめる。自然な笑顔だった。しかし、意識しているのか、たまたまなのか、牧瀬の方はちらりとも見ない。

「奥さん」牧瀬がたまらず声をかけた。「あの、あなた、東京の方にいたことはありませんか？」

広美がゆっくりと牧瀬の方に顔を向けた。「いいえ？」

「一度も？」

「もちろん、何度か遊びに行ったことはありますよ」口に手を当てて笑った。「そんな、田舎もんじゃないですよ」

「僕と会ったこと、ありませんか」思わずせき込むように尋ねた。

「いいえ」目元にしわが寄る。

「飯田元、飯田保、という名前に覚えはありませんか」

「存じ上げません」

「あれ、知り合いなの」

柄本がまたのんびりした様子で、空《そら》とぼけたように尋ねた。一見、人のよさそうな容姿をしているけれどあなどれない。長年生活保護の窓口で苦労した人なのだから、当然なのかもしれない。

「いいえ、すみません。僕の思い違いかもしれません」

「こちらこそ、おそれいりましてございます」深々と頭を下げた。

彼女がうそをついているのは、明白だった。飯田家にいたのは、確かにこの広美なのだ。

しかし、うそだとしたら、どうしてそんなうそをつく必要があるのだろう。

彼女はやっぱり、飯田元の死に関わっているのではないだろうか。


ダイニングルームで、祐理とあおいの父親が向かい合わせに座っている。

こんな時がいつかはくるのではないかと思っていた。けれど、それはもっと先で、もっともっとなごやかなムードであってほしかった。

あおいは祐理が持ってきたケーキを、母親は紅茶のお盆を持って、それぞれ祐理と父親の隣に座る。いつもならにぎやかにしゃべり散らす母親が何も言わない。

「まずは、祐理君、教員採用試験、合格おめでとう」

いきなり父親が腕を組んだまま、言った。

「ありがとうございます」祐理が頭を下げる。「ご挨拶が遅くなってすみませんでした」

「うん」父親がうなずく。「あおいと君のことだけど」

うわー、いきなりきた、とあおいは首をすくめる。

「はい」祐理はまっすぐに父親を見た。

「私たちとしては、君についてはなんの不満もありません。今時なかなかいない、立派な方だし、あおいのような娘にはもったいない方だと思っています。だけど、今回のことにはいくつか問題があります。まず一つに順番が違う。君はすでに家を探してあおいに見せたそうだけど、その前にまずうちに話しに来て了承をとるべきでしょう。あおいは未成年ではないけれど、まだ、うちから大学に通っている娘で独立したわけではない。第二に、あおいはまだ若い。結婚に関しては就職してもう少し落ち着いてからでも遅くないと思う。そして第三に」

あーあ、父親のいつもの怒り方だ、と思った。理系でメーカーの技術者の父親は、本気になった時こういうふうに箇条書きにしたような言い方をする。あおいがテレビゲームを買ってと頼んだ時も、お小遣いを上げてと頼んだ時もそうだった。

「第三に、君は義理のお母さんとあおいを同居させると言う。親との同居が悪いというわけではありません。けれど、義理のお母さんで、しかも子供の頃、数年お世話になっただけの方だということですよね？　そういう人を捨てておけない、という君の気持ちはすばらしいと思います。けれど、親として、できたら、娘にできるだけ苦労はさせたくないと願うのは正直な気持ちです。我々は身勝手なのかもしれない。けれど、子供のためにはどこまでも身勝手になれるのが、親というものです。それに、人を一人面倒見るということはとても大変なことですよ。これから一生のことだ。それをちゃんと考えたことはありますか」

「ご指摘、ありがとうございます」祐理は深く頭を下げた。「一つ一つ、ごもっともです。反論のしようもありません。まず、順序についてですが、確かに少し先走り過ぎていましたし、礼儀が足りませんでした。申し訳ありません」もう一度頭を下げる。「ただ、あとのことについては……」

祐理はしばらく言葉を探した。そして、息を一つ吐《は》いて話し始めた。

「お父さんの言われることは、全部、当たっています。だから、言いわけとか、説明とかできないのです。ただ、僕がこうしたい、そうするべきだと思っている、というだけで。理性的な根拠とか理由とか、お父さんを納得させられるものはなにもありません」

それから、祐理は広美について説明した。子供の頃、母親になってくれたこと、しかし、それは祐理にだけではなくてたくさんの家族を転々としてきたらしいこと、どこの誰かということさえよくわからないこと、今は水商売をしていることなど、今まであおいに話して来たようなことを正直にすべて話した。

あおいの父親と母親はさらに厳しい表情となり重々しい空気が漂《ただよ》った。母親は下を向いてしまっている。

「なに一つ、いいことがあるわけではありません。得になることもありません。理解していただけるとも思いません。先ほども言ったように、ただ僕がそうしたい、それだけです。あおいさんには、それについてきてほしいとお願いすることしかできません」

「あなた、そんな……開き直るようなことを言って」あおいの母親が言った。「あおいの気持ちにつけ込むようなものじゃないの」

「お母さん」あおいが力なく、母親を止めた。

「いや、お母さんの言う通りだと、僕も思います。すみません」

「私は認めません」母親はきっぱりと言った。「絶対に。どうしてそんな女のことを、私の娘が、大学まで行かせた娘が面倒をみなければいけないの。冗談じゃない」

父親が、母親を手で制した。母親が大きく息を吐き出す。

「もしも、君が我々の娘となにも関係のない人なら、なんていい青年なんだ、と思うでしょうね」父親がさびしそうに笑いながら言った。「けれど、やはり親としては娘を守りたい。苦しいですね」

「お父さんにそう言わせている、僕も苦しいです」

「もしも、あおいが結婚して、あなたやその人と同居するというなら、私はもうこの家に来ていただきたくありません」母親が叫んだ。

「お母さん」

「どうして、そんな苦労をさせなくちゃならないの。絶対に許しません」そして、祐理に向かって言った。「同居を考え直す、と言うまでうちには来ないでください」

そして、母親は部屋を出て行った。

あおい、祐理、父親の三人になっても、それ以上、何も話し合いは進まなかった。


休日を使って、牧瀬は元いた街に戻った。西新井の駅前で、予約しておいたレンタカーを借りる。備え付けのカーナビに、飯田保が入所している児童養護施設の住所をセットする。ついでに持ってきたCDをカーステレオに入れた。出がけに手近にあったCDをバッグに入れてきたのだが、由紀子からのプレゼントだった。男性歌手のCDで、ふたりでコンサートに行ったことを嫌でも思い出してしまう。よりにもよってなんでこんなの持ってきてしまったんだ、といらだたしくスイッチを切った。

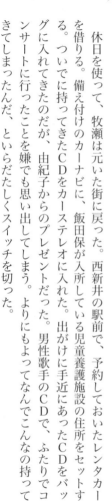

保の入っている児童養護施設みどり園は、休日だからか入口のゲートは閉まっていたが、鍵まではかけていなかった。道路に車を停めて、迷わず中に入っていく。

「あれ、牧瀬さん、どうして」顔見知りの保育士が彼の顔を見て、驚く。「転勤されたって聞いたけど」

「そうなんです。実家の方に戻ったんですよ。ちょっと残った荷物を取りにきたんだけど、ちょうど前を通ったものだから」

考えていたうそがすらすらと出てきた。

「そういえば、ここにうちから来た、飯田保君がいたなぁ、と思ったら、なんだか懐《なつ》かしくなっちゃって」

「保君、牧瀬さんの担当だった？」保育士がなんの疑いもない、朗らかな顔で尋ねる。

ちょっと迷ったが、ここでうそをつくと、あとでばれた時の方がおかしく思われそうだった。

「違うんだけどね、一度、保護したことがあるんですよ。お母さんと一緒に児相に逃げてきた時に」

「ああ」保育士は訳知り顔にうなずいた。

「保君、どんな様子ですか」

「ずいぶん落ち着きましたよ。呼んで来ましょうか」

「あ、いいですか。いや、よかったら、案内してもらってもいい？　友達とかとどんなふうに接しているのか見たいから」

「いいわよ」

保育士と連れだって歩き出す。

「プレイルームで遊んでいるはず」

確かに保はプレイルームの端で、一人で本を読んでいた。当時と比べるとずいぶん大きくなっている。外で会ったらちょっとわからないかもしれない。

「……いつもあんなふうですか」

「ううん。お友達とも遊んでるわよ。大丈夫。でも、本が好きみたいね。よく読んでるわ。去年の夏に読書感想文で区の賞をもらったのよ」

「すごいな」エリートだった父親の遺伝だろうか。そんなことをつい考えてしまう。

「なじんできたけど、あれをまだはずせないのよね」

「あれ？」

「あれ、あのお守り袋。首から提げてるでしょ」

確かに、小さな黒い袋を、ネックレスのようにかけている。

「ずいぶん汚れてしまったし、お友達にもからかわれたりしたから、やめたらって何度か言ったんだけど」

「無理に引き離すこともないんじゃないですか」

「ええ、もちろん。だけど、ああいうものを持っているうちは昔のことを忘れられないってことよね」

保育士が、他の職員から呼ばれた。

「いいですよ。僕一人でも」

「そう？　悪いわね」

その方が好都合ではあった。牧瀬は保に近づく。

「保君」

保が顔を上げる。当時と変わらない、涼しい目元だった。

「久しぶりだね。お兄ちゃんのこと、覚えてる？」

保は首をかしげる。

「覚えてないか。まあ、しょうがないな。昔、お母さんと一緒に児相に来たことがあっただろう。タクシーで。あの時一緒に病院に行ったお兄ちゃんだよ」

保の顔が少し曇《くも》った気がした。あの日のことは思い出したくないのかもしれない。

「お母さんのこと、覚えてる？」

「……広美のこと？」

「そう、広美さんだ」

牧瀬は保の足元にしゃがんだ。目が合う。保の瞳は、虹彩《こうさい》の色が薄かった。だからだろうか、ひどくさびしげに見える。

その時、牧瀬ははっとした。いったい自分はここに何しにきたのだろう。この子に何を訊けばいいのだろう。訊いて何になるのだろう。この憂いに満ちた瞳に、何を話すつもりだったのか。つらいことを思い出させてそれが何になる。

「なに、読んでるの」やっと口から出たのは、それだけだった。

保は黙って本の背を見せた。『エルマーのぼうけん』。牧瀬も子供の頃はまった童話だ。

「これ、おもしろいよね。エルマーが猫に聞いて、竜を助けに行くんだよね。動物の島に」

「そう」保はうなずく。「知ってるの？」

「ああ。トラにチューインガムをあげる」

やっと保の顔にほのかに微笑みが広がった。「そう」

牧瀬は自分のポケットの中にチューインガムが入っているのを思い出した。こういう施設ではおやつは厳しく管理されているはずだ。まわりを見まわし、他の子供がいないのを確かめ、ミントのガムを差し出す。

「いいの？」保は手に取る前に迷った。

「ああ、一つぐらいいいだろう。お兄ちゃんも嚙むよ」

二人でガムを噛んだ。

「お兄ちゃん、広美のこと、知ってるの？」保から初めて尋ねた。

「ああ。少しだけどね」

保はしばらく考えていた。「今、どこにいるのか知ってる？」

「……うーん。よくは知らないけど……」牧瀬の方が答えに窮《きゅう》した。

「そう」保がため息をついた。「もう、会えないのかな」

「どうだろう」胸が痛くなった。

「いい子にしてれば、また会えるって言ってたんだけどな」

「広美さんが？」

「うん。しばらく会えなくなるのは、保ちゃんのためだって言ってたんだけどな」

「いつ？」

「いなくなる前」

「広美さんがいなくなったのは、いつ？」

「……わかんない」

「お父さんが亡くなる少し前に一度いなくなったんだよね。それからしばらくしてまた戻ってきたんだよね」鎌《かま》をかけるようで胸がどきどきしてきた。

「お兄ちゃん、知ってたの？」

それには答えずに「広美さんが戻ってきたの、お父さんが亡くなるどのくらい前だった？」と再び尋ねた。

「ちょっと前」

「ちょっとって、どのぐらい？」

保の瞳がおどおどと動いた。お守り袋をつかんでいる手が開いたり閉じたりしていた。

「見せてもらってもいいかな」

保はお守り袋をぎゅっと握って離さない。「見せたら、広美に伝えてくれる？」

「なんて」

「迎えに来てって。ぼくはここにいるから迎えに来てって」

「……わかった。彼女に会えたらね」

保はお守り袋を首からはずして、牧瀬に渡した。

神社などで売っているありふれたもので、黒い絹布に交通安全と刺繍《ししゅう》がある。開くと二つの黄色いものがころりと出てきた。ふにゃふにゃ柔らかい手触りで、手あかで汚れて元の色がわからないぐらい黒くなっている。耳栓《みみせん》だった。牧瀬も受験の時に使ったことがある。

「なんでこんなものをお守りに入れてるの？」

「広美がくれた」

「どうして耳栓なんか」

保の眼がきょろりと動いて、迷っているのがわかった。けれど、意を決したように話しだした。

「最後に会った日、寝ているお部屋に来て、ぼくの耳につけてくれたの。このままおめめをつぶって朝になるまで取ったらダメだよって。朝になったら、全部、終わっているからねって頭をなでてくれた」

牧瀬は絶句した。柔らかな耳栓を握って、そこに込められた広美の決意を知った。

祐理が挨拶に来たあと、あおいの家の空気が一段濃く重くなった。

帰宅すると、居間で話をしていた父親と母親がぴたっと話をやめたり、朝起きても朝ご飯がなかったりする。父親が出勤したあと、母親はあおいの食事を用意せず、寝室に引きこもってしまうのだ。

父親は「あまり強く言っても反発するだけだから」と言ってしばらくあおいをほっておくことに決めたらしく、何も言わなかった。しかし、母親には大きなショックを与えたようで、あの日以来ろくに話をしていない。

こんなに母親が怒ったのは、生まれて初めてだった。小さなケンカやいさかいはあっても、大きな反抗期もなくここまできた。なんでも母親に相談したし、話せた。

あおいは体がぐらぐらと揺れているような気がする。なんだか、毎日が不安なのだ。大学で授業を受けている時、友達と笑っている時、ふっと悲しさが襲ってくる。夕方になって薄暗くなってくるとさらに気持ちがふさぐ。一刻も早く家に帰りたいが、帰宅しても迎えてくれる母親はいない。夕飯はできてないし、顔を合わせても挨拶もしないし、口もきいてくれない。

ご飯は？　と一度訊いたことがあった。

「自分で食べなさい。一人で育って、生きていけると思ってるのだから、全部自分でやりなさい」

そう言って、おいおいと泣きだした。

そんな母親をもてあましながら、あおいは自分自身の気持ちにも戸惑っていた。

母親との関係が壊れた、というだけでこんなに気持ちが落ち込むとは思わなかった。世界と自分が切り離されてしまったようで、体のまわりがすうすうする。それなのに、頭は熱っぽくいつも気分が悪かった。

大学一年の一般教養の心理学の授業で母子関係の勉強をしたことがあった。それが拒食症の原因になったり、中には正常な男女関係を結べなくなって男を求めて夜の街をさまよう女性がいる、などと先生が話した。その時は真面目にノートを取りながら、母親との関係だけでそんなになるだろうか、と内心疑った。しかし、今回のことで、これまでなんの問題もない母親との関係は自分にどれだけの安定と安心を与えていたのか、思い知った。

そして、祐理の気持ちも初めてわかった。

母親を失って、幼い祐理や秋夫や美奈子が、どれだけ強く広美を求めていたのか、彼女が近くにいたことでどれだけ安定を得たのか。それを、少し理解できたような気がした。

十二月に入った頃、あおいは居間で本を読んでいる母親の隣に座った。

肩のあたりが薄くなったようだった。手を触れたいが、はねつけられると思うと、それもできない。

「お母さん」

母親は頑固にこちらを向かなかった。

「これまで、いろいろありがとうね」

肩がさらに硬《かた》くなった気がした。

あおいは素直に自分の気持ちを話した。祐理が来て仲たがいをしてから、ずっとつらい思いをしていること、これまで仲良く過ごしてきたことがどれだけありがたかったかわかったこと、けれど、そのことによって祐理の気持ちもよくわかったこと。

「いろいろ考えたけど、やっぱり、あたしたちには、祐理君がお義母さんと同居するというのを止めることはできないと思うの。でも、あたしも就職してすぐに結婚することもできないと思う。祐理君がお義母さんと同居して面倒見て行くっていうのを、近くから見守っていくしかないんじゃないかな。あたしも彼の気持ちを尊重したい。うちから近いし、あたしはできるだけ彼を手伝ってあげたい。そうしているうちに、いろいろ答えが出てくるような気がする」

母親はまだ、こちらを見なかった。

「まあ、どこに行っても親子であることは変わらないしね」と言って、あおいは部屋を出た。最後まで母親は何も言わなかったが、少しだけ空気が柔らかくなった気がした。

それはわかるのだ、親子だから。

次の日から、母親は朝食を作って、テーブルの上に載せておいてくれるようになった。話をするようになるまではそれからしばらく……年明けまでかかったが。

電話をすると、家にいたらしい由紀子は駅前の喫茶店まで出てきてくれた。

以前は肩ほどまであった髪を耳のあたりでばっさり切っている。いつまでも学生のようだと言われていたのに、二十七歳の年相応に見えた。

「久しぶり」由紀子の方が堂々と牧瀬を見すえて言った。

「ああ、本当に」

「向こうに行く前に、もう一度、連絡してくれるかと思った」

「あ」自分のことばかりで、そこまで考えつかなかった。

牧瀬の気持ちを見透かしたように薄く笑う。「まあ、呼ばれても来なかったと思うけど」

「じゃあ、なんで今日は来てくれたの」

「時期が妙にずれていたから、肩すかしって言うか、気持ちのつっかい棒がなくて、なんとなく行くって言ってしまった」

思わず二人で笑って、気持ちが楽になった。

それから、彼女は仕事のことなどをさばさばと話しだした。教師になりたての頃は私立女子高の雰囲気になじむことができなかった。規則違反の制服を着ている生徒が向こうから歩いて来ても、注意することができず道を変えるほどの頼りない教師だった。その彼女が、今年は生活指導の担当に選ばれたと言う。

「ずいぶん変わったね」

「変わらないわけにいかないでしょ」挑むように言う。「どうなの、弥太郎君は」

昔は弥太郎と呼び捨てにした。君をつけるのは、付き合いだした当初の呼び方だ。

牧瀬も水面市での仕事について話した。おおむね東京と同じだが、やはり、地域差、特色などはあって、戸惑うこともある。

「やっぱり、万事においてのんびりしているというか」

「いいことじゃない」

「ああ、だけど、これまで強制保護とかしたことはないみたいだよ。所長とかもそこまでやろうという気持ちはまだないみたい。虐待の通報もほとんどないし……まあ、人口が少ないってこともあるけど」

「まあ、東京と比べたらねぇ」

「ああ」

そこまで話して言葉が途切れる。コーヒーを一口飲んだところで携帯電話が鳴った。見ると、牧瀬の母親からだった。

「ちょっとごめん」

席をはずして、店の外に出る。

「なにしてたの」いきなり、怒鳴る。「なかなか出ないから心配したじゃない」

東京に行くということは、報告してあった。

「……喫茶店で人と話してたんだよ」

「誰？」

「こっちの……仕事が一緒だった人」

「女？　男？　もしかして、付き合ってた人とかじゃないでしょうね」

実際そうだったのだが、勘ぐられて腹が立った。

「違うよ。だけど、関係ないだろう」

「私はあなたのためを思って言ってるのよ。昔の職場の人なんかに今の仕事の話なんてすると、もしかしたら、訴えられたりするかもしれないわよ。今は個人情報の管理とかうるさいんでしょ」

ああ、自分はこの人のこういうところが嫌なのだ、としみじみ思った。本当は別の意図やねらいがあるはずなのに、それを人のせいにしたり恩に着せて、正当化しようとする。

「そんなこと、話すわけないだろう」

「じゃあ、どうして前の仕事場の人と話したりするのよ？　理由がないでしょ。なにを話すの？」

「……いろいろ必要があって話しているんだよ。人の仕事に首を突っ込むのはやめてくれ」めずらしく乱暴に電話を切った。

席に戻ると、由紀子が上目遣いで牧瀬を見た。

「お母さま？」

答えたくなかったが、うなずいた。「ちょっと具合が悪くて……」ここでもまた、うそを言う。以前から、由紀子に会っていると、双方にうそを言うことになってしまっていたことを思い出す。

「あなたにも問題あるんじゃないかしら」

「え」

「人間関係というのは、どちらか一方だけでは成立しないのよ。あなたもまた、求めているのよ。そういう関係を」

「違うよ……」力なく否定する。

「そうかしら。まあ別にどっちでもいいけど。あなたの人生だし」

牧瀬はうなだれた。由紀子の視線が、じっと自分に注がれているのがわかる。顔を上げると目が合った。そのまっすぐな瞳を見て、彼女になら訊いてみてもいいような気がした。

「もしも君が今の仕事で不正を見つけたらどうする？　不正だけどそれが子供を守るための不正なら」

突然の質問に、由紀子は少し驚いたようだった。「確かに、子供を守るためなのね」

「うん。間違いない」

「見逃すわ」きっぱりと言った。「子供のためならね。現代の子供は、とても理不尽な場所にいると思うの。弱い弱い立場に。だから多少なら見逃すわ」

「そうか」

「なにがあったの」

「……今は言えないんだ」

それから話ははずまなかった。

「誰か付き合っている人いるの」駅前まで送って、別れ際尋ねた。言いながら、結局自分はこれが一番知りたかったのかな、と思った。

「付き合ってるっていうか、時々会ってる人はいるわ」

それから、由紀子は訊かれもしないのに、校長に紹介された、系列校の男性教師だと説明した。

「彼、東北出身の人なの。ゆくゆくはそっちの公立校の先生になりたいらしい」

「それじゃ、君は仕事をやめなきゃならないじゃないか」

「教師はどこでもできるのよ。資格があるんだもの。非常勤だってなんだって」

そうか、由紀子は東北に行ってしまうのかな、と気持ちが沈んだ。

「だから、教師を選んだのよ。どこに行ってもできるように」

彼女が人ごみにまぎれて、見えなくなるまでずっと手を振っていた。これが最後かもしれないと思ってじっと後ろ姿を目に焼き付けた。

車に乗ったあと、由紀子の最後の言葉がリフレインした。どこに行ってもできる。それはつまり水面に行ってもできる、ということだったのか。

ハンドルをばんっと叩いた。

正月二日、あおいと祐理は広美の部屋に向かっていた。

新年のあいさつをかねて、同居について話すことになっていた。祐理の横顔を見ると、小鼻がふくらんだり閉じたりしていて、緊張しているのがわかる。

「たぶん、広美さん、最初は断わってくると思うよ」緊張をほぐそうと、軽い調子で言った。「だから、がっかりしちゃだめだよ。粘《ねば》ればうまくいくかもしれないから」

「なんでわかるんだよ」

「ほら、あの人、面倒くさがりでしょ。だから、しつこく説得すれば、『わかった、わかった』って言ってくれるかも」

祐理はかすかに笑った。

広美の反応は案の定だった。

「無理です」

祐理の話を聞き終わると、一言言った。

「どうしてですか。広美さんは今の生活を変える必要もないし、ただ、同居するだけでいいんですから」

「今の生活を変える必要ないなら、ほっといてください。それが一番なんですから」

「でも、これから、どうするんですか。ずっと一人でいるわけにいかないでしょ」

「いきます。自分の身の処し方ぐらい、わかってます」

「でも、おれは心配なんですよ。広美さんが一人で死んでいくと思ったら、悲しくなる」

「一人で死ぬとか決めつけないでください。勝手に悲しくならないで、あわれまないで」

「あわれんでないですよ。ただ、一緒にいたいんです」

「だいたい、あおいちゃんのご両親が許すわけがないでしょう」あおいを振り返る。思わず、あおいはうつむいた。

「やっぱり」

「いや、でも、一応、彼女の両親には話してあります」

「そんな男と、私だったら絶対に結婚させません」

「とりあえず、祐理君と広美さんが同居するのは止められない、ということはわかっています。うちの親も……結婚になったら、また考えようという感じで」

「それはそうですよ。最初からババ付きのところに来ることないでしょう」

「でも、あおいはそれをわかってくれてますし」

「本当？」広美はあおいの顔を覗き込んだ。

「……正直言うと、最初はびっくりしたんですが……でも、祐理君の気持ちもわかるようになって」

　あおいは、自分が母親と仲たがいしてから、いかに母親とのつながりが大切かわかった、ということを話した。

「もしかしたら、広美さんは気づいてないのかもしれませんが、母親とうまくいってないっていうのは、すごくつらいことです。地面がぐらぐらして、自分の存在もぐらぐらして、体がふわふわして、脚ががくがくするような」

「ぐらぐら、ふわふわ。いい加減な話ですね」笑いながらも、広美はやっと祐理に向き直った。

「だけど、本当に結構つらいですよ」

「そう。それは、ごめんなさい」

「おれはやっと出会った広美さんともう別れたくない。一緒に暮らしましょう。嫌になったら出て行っていいですよ。ただ、一緒にいてくれればいい」

「そんなことを言うと、またあおいちゃんに勘違いされるわよ」

「家を用意します。承諾してくれなくても、いつでも来てもらえるようにしておきます。一度見に来てください」

「なんで、私になんか、そんなことを言ってくれるんですか」

　祐理は少し迷ってから話し始めた。「あおいにも話したことがないことを言います」あおいの手をぎゅっと握った。自分を励ますかのようだった。「初めて会った日のことです。広美さんは忘れてるようだけど、おれは家の近くの岸壁《がんぺき》にいました。海を見ていました。そこに広美さんが来て、肩に手をおいてくれました」

「それがどうしたの」

「おれは死のうとしていました」

あおいは驚いて祐理を見た。

「おやじは留守がちだし、兄も姉も小学生で自分のことに精一杯でした。誰もおれを相手にしてくれなかった。身なりも汚くて、学校の友達もいなかった。おれは一人ぼっちでした。あの時、広美さんが来てくれなかったら、確実に海に入っていました。だから、本当のお母さんが迎えに来てくれたと思った」

あおいは祐理の手を握り返した。痛いほど二人の手はきつくつながれていた。

「広美さんも死のうと思ってたんでしょ、あそこで。だから、おれの気持ちがわかったんでしょう？　今考えてる身の処し方って、死ぬことでしょ」

「……」

「生きられるだけ生きて、そのあとは死のうと思ってるんでしょう。自らの手で」

広美は黙っていた。あおいと祐理も黙った。無言が続いたが、三人それぞれがじっとお互いを思いやり、自分の心の声に耳を傾けているような時間で、なぜか少しも気まずかったり、よそよそしかったりしなかった。あおいは、広美がたとえどんな選択をしても、今この時間の理解や信頼はきっと壊れないだろうと思った。

「もったいない」

下を向いていると思ったら、広美は泣いていた。あおいは初めて彼女が泣くのを見た。

「もったいない。私はそんな人間じゃないのに」

そして、指で涙を拭き、顔を上げて少し笑った。

「あなたが私に助けられたんだと思うなら、私もあなたに助けられたんです。おあいこ、ですよ」

「おあいこなら、今度はおれの家に来てください」

祐理は、家の場所の地図や間取り図を並べて説明した。広美はそれをじっと見ていた。最後に鍵を渡した。鍵には小さな赤い鈴のキーホルダーがついていた。

「待ってますね」

「あたしも」

部屋を出る時そう言うと、広美はかすかにうなずいた。

牧瀬は、水面市に戻り、それまでの生活に戻った。

毎日、何やかやと忙しい。自分が担当する相手には、すべて一度会いに行こうと思っていた。会えば、それを報告書にしなければならない。デスクワークも多く、残業が続いた。

数日後、やっと午後の時間が空いた。以前から、時間ができたら家庭訪問をかねて市内を見回り、土地勘を取り戻したい、とは頼んであった。

所の車のキーを借りて、外に出た。

ゆっくりと車を走らす。担当のケースは一件だけ。あとは自由な時間だった。先にそちらの方を回る。

母親を失ってから、不登校になってしまった中学二年生の女の子の家だった。事前に連絡し、待っていた父親と話をする。女の子が部屋から出てきて顔を見せてくれた。意外と元気で、家事などよく手伝っていると言う。学校のことはあまり考えたくない、と話した。無理に登校を勧めることなく、一度、児相に遊びにきたら、と誘うと、あいまいな顔でうなずいた。一応、翌週の予約を取ったが、来てくれるかどうかはわからない。

その家を出てから、車の中で市内の地図を広げてみた。カーナビはついているが、自分の目で確かめたかった。

国道を走る。この国の国道のまわりはどこも同じような風景になってしまったな、とチェーン店とパチンコ屋ばかりの道を見た。先日見た東京の郊外とあまり変わりない。季節が少し遅いこの地域にも、確実に春が来ていた。

内藤家のアパートまで来た。彼女がいるのかいないのかもわからない。けれど、いなかったらそれまでだと思っていた。

ドアをノックするも、返事はなかった。やっぱりなと、少しほっとする気持ちだった。車を停めたまま、そのあたりをぶらりと歩く。

住宅地と畑、まっさらな整地したばかりの宅地、そんなものが混ざった場所だった。畑もあるが、さまざまな種類の作物が混じっていて、本格的な農家というより、家庭菜園か農家が自家用の野菜を作るための場所のように見えた。

かすかにブランコのきしむ、きーきーという音が聞こえる。自然、そちらの方に足が向いた。子供の声が混ざる。角を曲がると、小さな児童公園が見えてきた。

広美がブランコに乗っている美月の背を押していた。

「お母さん」

「なあに」

「美月ちゃんの背中を押してよ」

「押してるよ」

「ずっと押してよ」

「だから、押してるよ」

「やめちゃダメだよ」

「やめないよ」

「お母さん」

「なあに」

「美月ちゃんの背中、ずっとずっと押してよ」

牧瀬はその光景を見ていた。広美は丁寧に根気よく、美月の背中を押していた。美月は安心しきって、広美にその身をあずけていた。春の日は柔らかく二人を包んでいる。ブランコは決して早まることもなく止まることもない。その永遠運動は、いつまでも続いていくかのようだった。地球が終わる最後の日まで続きそうな気がした。

いや、そんなことはない。ブランコの単純な動きに、ほのぼのと心を奪われていた牧瀬ははっと我に返る。永遠に変わらぬことなどない。現に、飯田保は……

二人をおどかさないように、牧瀬は自分の姿が早いうちに目に入る角度から近づいて行った。

「内藤さん」

広美が美月の背中を押しながら彼を見た。

「今日は、保育園は休みですか」

広美の表情がなくなり、手がぶらんと落ちた。牧瀬の顔から、何か察したようだった。

牧瀬は自分が、悪い知らせを伝える、悪の化身《けしん》になったような気がした。

「お母さん！」美月が怒鳴る。「もう！　やめちゃダメだって言ったでしょ」

「ああ、ごめん、ごめん」

広美は横を向いて、また、美月の背を押す。牧瀬はその隣に立った。

「今日は保育園、休みですか」

「……今日は、美月ちゃんが休みたいと言って……」

「そうですか。いいですね、たまには」

広美は答えない。

「みどり園に行って、保君に会ってきましたよ」

広美は肩で一つ息をした。

「元気そうでした。言付けがあるんです。あなたに会いたいって、自分はここにいるから、迎えに来てくれって言ってました」

牧瀬はそこにたたずんだ。ブランコは前後に揺れて目前まで迫り、そしてまた、遠くに離れる。近づく時にほんのわずかな恐怖感がある。けれど、それは一瞬にして過ぎ去り、そして、また元に戻っていく。そのくり返しだった。

美月は白いブラウスに赤いカーディガンを羽織っていた。髪は二つに分けられ、それぞれ耳の上で三つ編みのお下げに編まれていた。こぎれいでかわいらしく、満ち足りた少女に見えた。

「おかあさぁん。やめちゃダメだよぉ。絶対、美月のそばから離れちゃダメだよぉ」

甘えた鼻にかかった声だった。小さな背中だった。

「それだけです」

牧瀬は一礼して、そこを去った。公園を出る時にふり返ると、広美がこちらに向かって深々と頭を下げていた。

あんなことをしたら、また、美月が怒るではないか。お母さん、美月の背中を押さなきゃダメだよって。そう思ったら、急に涙がこぼれてきた。大の大人なのに、どうしてというほど涙が出て、困った。

車に戻り、ティッシュで鼻をかんで、携帯電話を取り出す。

「もしもし」由紀子は授業中かもしれないと思ったが、すぐ出てきた。

「僕」

「わかってる」

「こっちに来てくれないか」

「え」

「こっちに来てほしい、僕と一緒にいてほしい」

「お義母さんのことは？」

「関係ない。ちゃんと話すから」

由紀子はしばらく黙っていた。彼女のすうすうという息の音だけが聞こえた。

「わかった。もう、授業がはじまるから」

「うん」しばらく迷って付け加えた。「愛してる」

「泣いてるの？」

「うん。少し泣いてる」

「泣かないで」由紀子がふっと笑った。「私はずっとあなたのそばにいるから」

そう言われたのに、電話を切って、牧瀬はさらに泣いた。自分が今したことが、今までして来たことがすべて、正しいのか正しくないのか。間違っているのかいないのか。間違っているならどこから間違っていたのか。それがわからないまま泣いていた。


その駅に降り立っただけで、広美の胸と足が震えた。かくかくとおかしな歩き方になっているのがわかる。奇妙に見えるかもしれないと心配になって、駅のガラスのドアに映る自分を見てみると、ただ、中年女がゆっくりと歩いているだけだった。歩き方より、トレンチコートにスカーフを巻いて、黒いサングラスをかけた姿が、むしろ自分に注目してくださいと言わんばかりだと気がつき、サングラスとスカーフを取った。今度はすべてがむき出しになり、裸になったように落ち着かない。首元を冷たい風がなでて、あわててまたスカーフを巻く。いずれにしろ、朝のラッシュ時に、中年女に目を留める人はいなかった。

八時からだとネットには書いてあったのに、五分前になってもまだ観客は誰も集まっていない。ただ、「坂下誠之助《せいのすけ》」と書かれた大きな蛍光グリーンののぼりが立っている。じっと見ていたい。いつまでもいつまでも見ていたい。けれど、勇気を持ってそちらに目をやれば、あまりにもまぶしくてそらしてしまった。

「坂下誠之助独演会」とブログには銘打《めいう》っていたのに、これはただの辻立ちのようなものなのだと気づくのに、時間はかからなかった。話を聞いているだけで目立ってしまう。あたりを見まわして、ファーストフードの店を見つけた。

ホットコーヒーを頼むと、「ご一緒に、ハンバーガーかポテトはいかがですか?」と勧められたが、何も口に入る気がしなかった。今、食べたら吐いてしまいそうなぐらい胃は縮《ちぢ》みきっているし、胸は波打っている。コーヒーを持って、外が見えるカウンターの席に座る。隣は新聞を読んでいる初老の男性だった。一つ空いていた席に広美が座ると腕と新聞が当たり、迷惑そうにがざがざいわせながら大きく広げていたそれを畳んだが、気にしていられない。ちょうど、ほぼ正面にのぼりが見える。あと数分したら、始まるのだ。

この駅に降り立つのは、いったい、何年ぶりだろう。ここに自分のようなものが来ていいのか、何度も何度も考え迷った。もう二度と自分たちに近づくな、もう二度とこの家の敷居をまたぐなと義母には言われた。しかし、その義母もとっくに死んでいることを、公式ホームページで知った。

熱いコーヒーの紙カップを握っているのに指先は冷たい。のぼりと同じ色のはっぴを着た、若い女と中年男がチラシを持ってやってきた。若い女は誠之助の妻だろうか。いや、たぶん、違う。彼より少し年上のようだし、中年男と話している様子もそんな感じじゃない。何よりも彼が結婚したという話は聞いたことがない。中年男に目を凝《こ》らしてみる。広美の見知った顔ではなかった。事務所の人間のようだが……まあ、無理もない。すでにここを離れてから二十年以上の月日が流れているのだ。

黒いバンが広場の隅に止まった。はっぴの二人がそちらに頭を下げている。どきりとした。バンのドアが開いて、彼が降りてきた。

広美はまたさっと下を向いてしまった。コーヒーを見つめる。顔はよく見えなかったが、その残像は目に焼き付いていた。グレーのスーツ、短い髪を前髪の部分だけ立てたような髪型、だるそうに下を向いたまま、彼は降りてきた。広美は顔を上げられなかった。

「あー、あー」

唐突にその声が耳に飛び込んできた。マイクの調子を調べているのか、声の調子を整えているのか、無意味に叫んでいる。そして、演説が始まった。

「おはようございます！　ご通行中の皆さま、おはようございます」

内容は耳に入ってこない。けれど、時々つまずいたり、言い淀んだり、咳《せき》をしたりすると心臓が飛び上がりそうになる。広美は顔を上げられなかった。張っている中に少し鼻にかかったような甘えが混じった声。虚勢《きょせい》の中に自信のなさが現れていた。彼の父親のそれによく似ている。

「私たちは、与党の横暴を許してはならないのです」

調子が出てきたのか、彼の言葉はなめらかになってきた。広美はやっとゆっくり顔を上げる。足元から全体像が目に入ってくる。

彼は広場と駅に入ってくる人たちの方を向いていたので、広美には後ろ斜めからの姿しか見えないのがありがたかった。時折、足を止めてチラシを手に取る人がいる。彼は演説をしながら首の先だけこくんと曲げる。

ああ、あんなんじゃいけない。一度言葉を止めてでもきちんとお辞儀をして礼を言わなければならないのに。あのスーツ、あの髪型はどうか、今時の若者らしいけれど年配の人たちには好感を持たれないかもしれない……あれだけ義母に苦しめられてきたのに、彼女と同じ目線で彼を見ている。広美は苦笑した。

義母は、建設大臣の孫であり、代議士の娘であり、県議会議員の妻である人だった。選挙が生活のすべてであり、政治が人生だった。それでも少しずつ自分の行く先が先細っているのに気がついて焦《あせ》っていた。どうしても息子を国会議員にしたくて奔走《ほんそう》していたのに、息子が連れてきた嫁が、自分のようなものであることには我慢がならなかったのだろう。彼女の人生の不安や不満を、すべてぶつけられていた。広美が家にいるだけで、未来がどんどん奪われ損なわれていくような気がしたのかもしれない。頭が悪くて気が利かない、のろまで愚図《ぐず》で、と目の敵《かたき》にされ、いじめられ、時には打《ぶ》たれた。夫はそんな母親に何も言えなかった。

最後は、黙って籍を抜いて誠之助を置いていったら、それなりのことはする、と三百万を前に迫られた。今でもあの中途半端な金額を思い出すと笑いがこみあげてくる。あの人には、人生を賭《と》して守るものが、その程度のはした金で簡単に買えると思っているのだ。哀れな気さえした。その夜、広美は家を出た。息子のそばにいられないなら、せめて、籍だけは抜かずにつながっていたかった。そんな自分の浅知恵にも笑えてくる。数年前に謄《とう》本《ほん》を調べたら、どういう手を使ったのか、とっくに籍を抜かれていた。同じことだった。けれど、あの時の自分にはそれがあの子にしてやれる、たった一つのことだと思い詰めていた。

彼を追って、日本中をさまよった気がする。

広美は彼の後ろ姿を、横顔を、じっと見つめた。すでにあの赤ん坊の面影はなく、むしろ、別れた当時の夫の方に似ていた。中学時代に同じ学校で知り合い、彼は東京の私立高校に進学した。彼女が短大に通っていた時、クラス会で再会した。「昔から好きだった」と告白され、有頂天になって何度か寝たら簡単に妊娠してしまった。

ふいに誠之助がこちらに振り向いた。見つかったのかと、どきりとしてうつむく。しかし、考えてみればこちらが見えるわけはない。ガラスは反射しているはずだ。それに彼女の顔を彼が知っているはずもない。顔を上げると、もう、彼は向こうを向いていた。

顔を見たらわかるはずだと思っていた。彼が今幸せなのか、不幸せなのか、彼が今何を考えているのかを。

目をつぶって、一瞬見えた彼の顔を思い出す。面長で色が白く、男のくせに唇が赤い。イケメンだと言えなくもないが、声と同じでどこかに甘えがあった。けれど、それ以上のことは何もわからなかった。彼の顔はどこにでもいる若者の顔のひとつでしかない。

これが我が子なのだろうか。二十余年思い続け、求め続けた。彼にはもう会えないのだという気持ちは潮の満ち引きのように時折彼女の心に打ち寄せて絶望させた。それを解消してくれたのは、ただ、ただ身勝手に入りこんだ家々の、彼女を母親と慕《した》ってくれた子供たちだった。子供たちに近づくためには、彼女はなんでも利用した。体が必要な男には体を、心が必要な男には心を投げ出した。逆に、少しでも子供や父親に拒否されたり、自分が必要でないと感じると、怖くなって逃げ出してしまった。

子供たちは広美の献身的な行動を称《たた》え、問題を解決してくれたと感謝するが、広美自身はそれが買いかぶりなのをよく知っている。いつでも去れるから、なんでもできるのだ。彼らは純粋でそれに気がついていない。

「母さん！」

ふいにそう呼びかける声が胸に響いた。それは、目の前にいる我が子の声ではなかった。祐理だった。

「母さん、おれと一緒に来て。おれのところに帰ってきて」

自分の身勝手な願望を引き受けて、時にはまた、愛してくれさえした子供たち。彼らのお陰でこれまで生きてこられた。ずっと偽物の献身《けんしん》で騙しながら。

広美はまた、目の前の我が子を凝視《ぎようし》する。この子じゃない。

いや、この子の幸せも願っているけれど、幸せにできるのはこの子じゃない。今、自分は彼らの人生のために、彼らの幸せのために、できることをやらなければならない。あの子たちが、幸せになってはいけない理由なんて、どこにもない。

広美は立ち上がり、一口も飲まなかったコーヒーを捨てて、店を出た。息子の声はまだ続いていたが、ふり返らなかった。たぶん、もう二度と会えないと思っても、その歩調は変わらなかった。そのまま下を向いて店の前を通り、ほんの数メートル先にいる彼の顔を見ることもなく、まだラッシュの混雑が残る駅にすいこまれていった。

二月の終わりに、祐理だけが一軒家にまず引越しをすることになった。たいした荷物はない。引越し屋の「おひとり様らくらくパック」で事足りた。

広美にはその日どりだけを教えてあった。祐理が「来てください」と言うと、「わかりました」とだけ答えたそうだ。

しかし、広美はなかなか来なかった。どうせ、昼まで寝坊しているか、お昼のワイドショーでも観ているのだろうと思っているうちに引越し屋は帰って行った。片づけものや掃除をしているとそろそろお腹がすいてきた。

「広美さん、来ないねぇ。来たら一緒にご飯食べようと思ってたのに」そのために、ちょっとしたお惣菜とあおいの母親が作ったおにぎりが用意してあった。それから、ビール。

あおいの母親は、今朝黙っておにぎりを握ってテーブルの上に置いておいてくれた。まだ、全面的に賛成してくれるわけではなかったが、そこまではしてくれるようになっていた。しょうがなく、二人で遅いお昼を取った。ビールは残しておく。

それに気がついたのは、すっかりあたりが暗くなってきてからだった。

「あれ、これなんだろう」

玄関先を掃《は》こうと家を出たあおいは、白い封筒がポストに投げ込まれているのに気がついた。上質の和紙で、宛名や差出人の名前はない。あわてて家の中に持って行く。

「大家さんからの手紙かしら」

「ずっとあったの？」

「ううん。私たちが家の中にいる間に投函《とうかん》されたんだと思う。朝、ここに来た時はなかったから」

悪い予感で手が震えた。二人とも口には出さないが、何かを悟《さと》っていた。

祐理が手紙を開けた。赤い鈴のついた鍵が、ちゃりん、と落ちてきた。白い便《びん》せんに、汚い広美の字がぽつぽつと忘れものみたいに散っていた。

「幸せに
　二人でだれよりも
　　幸せに
　私は死んだりしないから、大丈夫
　　　またね」

またね、の字が迷っているように揺れていた。

「どうしたんだろ。気が変わったのかな」祐理の声が震えている。

「家に行こ。広美さんの部屋に行こう」

まだ茫然としている祐理の手を引っ張って、焦りながら靴を履《は》き、走り出した。広美の部屋には電気がついていた。ほっとする。駆けあがってノックした。返事がない。ノブに手をかけると、軽く回った。

開いたドアの中の部屋には何もなかった。がらんどうの部屋。奥に作業着の中年男が一人いて、脚立に上がって天井をペンキで塗っていた。

「ここの人は」あおいが叫んだ。

男は振り返って、首をかしげる。「引越したんじゃないの？」

あおいと祐理は顔を見合わせた。

「店に行ってみようか」あおいは自分の手と声が震えているのに、祐理の手は冷たいだけで震えていないのに気がついた。

「もう、無理だよ」祐理は落ち着いていた。「行ってしまったんだよ、あの人は」

それでも、店まで歩いて行った。走らずにゆっくりと、二人はしっかりと手をつないで行った。ヘンゼルとグレーテルのように。

店はやっていた。「ルージュ」の看板も電気が入れられていたし、外にはカラオケの音がもれていた。しばらく二人はその前でたたずんだ。二人にはわかっていた。そこには広美はいない。けれど、そこにずっといるわけにもいかなかった。

祐理が重い色ガラスのドアを開けた。どっと演歌のメロディが迫ってくる。

白髪頭の腹の出っ張った客が、気持ちよさそうに歌っている。カウンターの中で、若い女が肘をついてそれを聴いている。

「いらっしゃい」

「あの、広美さんは」祐理が音に負けじと叫んだ。

「ママは、やめたわよ。今は、あたしがママ」女がにこっと笑った。「なに飲む？」

祐理が首を横に振って、二人は外に出た。

黙って商店街の中を歩いた。

「行ってしまったんだね」

商店街の途中まで来て、あおいがやっと言った。

「あの人の家は、どこにあるんだろう」

祐理の声は、夕飯の買い物をする、広美と同年代の女性たちの人ごみにかき消された。

けれど、あおいには広美の後ろ姿がその中にあるようで、ただただじっと彼女たちの群れを見つめていた。

エピローグ

広美は道の駅で、山菜そばをすすっていた。

名物だと壁にも大書《おおが》きされているが、上にのっているのは、どこにでも売っているパック詰めになった味付きの山菜のようだった。しかし、これまた名物のわさびが一本、小さなおろしがねとともに添えられていて、それが嬉しい。六百八十円にしてはずいぶんお得だと思った。

ここまでは路線バスを乗り継いできた。どこに行くあてもないが、温泉場まで行けば、住み込みの仲居の口ぐらいあるだろう。でなければ、カラオケスナックか。

テレビがついていて、昼のワイドショーをやっていた。若き政治家に密着と、次の選挙で国政に挑戦する地方の県議会議員を追っていた。この間のぼりに書いてあった政党とは違う名前の前で、彼は微笑んでいた。最近、地方のタレント議員が起こして一大ムーブメントになっている政治集団に参加すると言う。大震災のあと、自分ができることは保守党の政策の中にはないと気がついたのだ、と語っていた。

節操《せっそう》がないのは親譲りね、と広美はたった一人の腹を痛めて産んだ子を見つめてつぶやく。まあ、適当にやんなさいよ、ぼろが出ないようにね。

「姉さん」近くに座っていた、中年のトラック運転手らしい男が声をかけた。「観てるかい？　観てないなら、野球に替えていいかい。高校野球」

「どうぞ」

彼の顔が演説するシーンになった。彼が口を開けて息をのんだところで野球に切り替わった。

のれんを分けて、また、運転手らしい男が入ってきた。日に焼けた五十半ばの男だ。広美の斜め前に座る。

「山菜そば」食堂の女に言いつけている。

広美は肘をついて、野球を観ていた。ここからどうやって温泉まで行こうか。

入ってきたばかりの男が自分の顔をじろじろ見ていることに気がつく。しかし、広美はそのままにしておいた。減るものじゃないし、若い頃からこういうことには慣れている。最近ではめっきり減ってきたが。

男のそばが運ばれてきた。そばをすすりながら、まだ上目遣いでこちらを見ている。男は五、六口で食べ終わってしまった。その食べっぷりもむき出しの腕の筋肉も悪くなかった。

食堂の女が近づいてきた。

「お茶のおかわり、どうですか」

「はい。おそれいりましてございます」

茶がなみなみ注がれた。ほうじ茶だが香りがいい。また、テレビを見上げる。

「あんた」

思っていた通り、男が立ち上がって広美の前に来て声をかけてきた。広美はゆっくり彼を見上げる。やっぱり、悪くない。髪の半分が白くなっているが、艶《つや》のいい顔色はまだまだ若々しい。

「あんた、広美さんじゃないかね」

「え」

許しも得ずに、男は広美の前に座った。

「覚えてないずら。俺、健介。富士山の麓の……『いろは』で」

「あ」

その名前に覚えはなかったが、なまりにかすかに覚えがあった。若い頃、彼の家に行った。

「覚えてるかい」

「はい」うなずく。

「さっきの『おそれいりまして』でわかったんだ。言ってたな、前も」

「そうですか」

「久しぶりだな」

「はい」

「生きてたんだな」

「おかげさまで」

「元気かい」

「ええ」

「うちも皆、元気だ。去年、末っ子の直介も結婚した。孫が三人いるよ」

「お幸せそうで、なによりです」

「俺は……あんたが出て行ったあと再婚したんだけど、そいつも二年前に逝《い》った。今は一人だ」

「そうですか」

「かみさんに先立たれる運命なのかもな」

広美は微笑んだ。

「あんたは？　一人かい？」

「はい」

しばらく、ふたりは黙った。それ以上話すことは何もなかった。

「じゃ」健介が立ち上がった。「元気で」

「あなたも」

「……なんか、困ったことがあったら、連絡してくれ」

「はい」今の彼がどこに住んでいるのかも、知らない。

おそれいりましてございます、その言葉が再び口をつきそうになって、慌てて飲み込む。

それを口やかましくしつけた姑ももういない。

健介は出て行った。のれんが揺れているのを、広美はぼんやり見ていた。

彼に何か言うことがあったような気がした。けれど、わからなかった。

のれんの揺れがおさまる前に、健介がまた戻ってきた。早足で広美に近づく。

「うちに来ないか」

ただ、彼を見上げる。

「一緒にトラックに乗って、うちに来ないか」

「………」

「息子も娘も家を出てしまって、俺一人だ」

「ええ」

「もう、誰にも気を遣うことはない」

「はい」

「俺のうちに来ないか」

広美は彼の顔を見ていた。

のれんを割って入ってきた彼の顔を見て、広美はそれがわかっていた気がした。彼が戻ってくると、わかっていた気がした。前からわかっていて、その時をずっと待っていた気がした。

解説

木皿《きざら》　泉《いずみ》
（脚本家）

この小説を知ったのはテレビでだった。たしか大森望さんが出ている番組で、今年のベスト10を紹介していた。その中に入っていた。私は『母親ウエスタン』という、その題名に心を奪われた。これって、もしかして「シェーン」という西部劇をオバサンでやろうとしているんじゃないのか？　少年が最後に「シェーン、カムバック！」と叫ぶあの映画。すげぇすげぇ、だとしたらめちゃくちゃカッコイイ。

前に、殺し屋のオバサンが出てくる映画の台本を書いたことがある。そのオバサンが主人公ではないのだけれど、私は勝手に、やるなら絶対に白石加代子さんだと思っていて、そう思うと次から次へと面白いシーンがわき出てきた。最後は、日本刀の佐々木すみ江さん（これも、私の勝手なキャスティング）と、マシンガンを両手に抱えた白石さんが宙返りをしながら死闘を繰り広げるというシーンは、映像でやって欲しかったのだが、残念ながらこの映画は、ぽしゃってしまった。

それ以降、私は、とにかくかっこいいオバサンを書きたかった。なので、まだ読んでないのに、会う人ごとに、「母親ウエスタン、ドラマにしませんか」と言い続けた。それを聞いて、本当に話を進めてくれたプロデューサーがあらわれたのだが、私の方が多忙になってしまい、すみません無理です、という話になってしまった。言い出しっぺなのに、本当にごめんなさい。

悪が栄える街にガンマンがやって来て、平和がよみがえり、またガンマンは去ってゆくという、お決まりの西部劇のフォーマット。これは、大変よくできた話だと思う。変わりようのないと思われていた人の暮らしを、外からやって来た旅人が書き換えて、去ってゆく。私たちは、そんな話が大好きだ。「水戸黄門」や「男はつらいよ」の寅さんも旅人である。慣れきった日常をキラキラした時間に変えるのは、外からの視点が必要だ（寅さんの場合は、書き換えるというより、旅と日常の視点がくるくる入れ代わることで、今ある暮らしが新しいものに見えているという仕掛けになっている）。『母親ウエスタン』の広美もそうである。母親不在で壊れかけている家族に、広美が野良猫みたいに、そっと入って来て、何とか持ち直した頃に、またそっと出てゆく。

これより前に、作者は『東京ロンダリング』という小説を書いている。人が死んだというようなワケあり物件には、次の住人に、その事実を伝える義務があるらしい。そんな賃貸物件に一ヵ月ほど住むという仕事を選んだ三十代女性の話である。事故物件に誰か住むことで、その家はロンダリング〔浄化〕できるらしい。この主人公もまた、『母親ウエスタン』の広美と同じく、家を持つことがかなわず、転々と居を替えつつ、人を家をロンダリング〔浄化〕してゆく。

原田さんの小説を読んでいると、誰もが持っている、自分は本当にここにいるのだろうか、という頼り無い感じがとてもよく書けていて、主人公がまるで自分のことのように思えてくる。『東京ロンダリング』もそうだった。が、正直に言うと私には、肝心のロンダリング〔浄化〕がよくわからなかった。誰かが住むだけで、忌まわしい場所が日常の場所としてロンダリングできるものなのか。頭では何となくわかるような気がするのだが、私の実感としては、よくつかめないでいた。が、『母親ウエスタン』を読んで、ロンダリングの意味がよくわかった。『母親ウエスタン』もまた、〔浄化〕の話だったからだ。

母親不在の荒れた家族に、例のごとくふらりとやって来て、またふらりと去っていた広美と、その時の子供だった祐理が大人になって再会する。その時、祐理は広美のことを「家事のために必要だったわけじゃない」と言う。

「夕飯の前にジュースはいけんと教えてもらいました。菜の花と桜の花は一緒に咲くのだと教えてもらいました。チラシを正方形に切って折り紙にする方法を教えてもらいました。学校に行ったら先生の話をよく聞くんだと教えてもらいました。ホットケーキの作り方を教えてもらいました。毎晩、宿題を一緒にしてもらって勉強をする癖を教えてもらいました」

菜の花もホットケーキも、生きるために必要なものではないのだけれど、でもやっぱりこんなささやかな数々は生きるために必要なもので、私はここを読むと泣いてしまう。そうか、人の生活を〔浄化〕するのは、こんなことかと、私は気がつく。そういう日々の暮らしが、薄紙を重ねてゆくように、悲しさや惨めさや忌まわしさを、平穏な生活へと書き換えてくれるのだ。

しかし、主人公自身の幸せはどうなるのだろう。広美はいつまでこんな暮らしを続けるのだろうか。そして、何のためにこんなことをやっているのだろう。本書の四六判の帯には、彼女が追い求めたのは、「愛でもなく、家族でもなく、永遠でもなく」と書かれている。

『東京ロンダリング』の主人公は（ネタばれになるので、読もうと思っている人はこの後を読まないで下さい）、この妙な仕事を続けるのだと言って話は終わる。その理由は、この仕事は必要だから、誰かがやらねばならない。だからやるのだと言う。しかし、定住しないという暮らしはなかなか厳しい。子供がいたり、介護の必要な家族がいたり、定職があったりという、普通の人と同じような生活ではできないからだ。そんな生活を諦めた人にしかできないことだ。

でも、必要だからやる。私には、それは作者がそう言っているように聞こえる。自分の幸せよりも、人が必要としているのであれば、あえてそれをやろうという気概のようなものを感じる。自分は筆の力で、どうしようもない世の中をロンダリングしてゆく。そう宣言しているように、私には思える。

広美もまた、そうではないか。誰かが必要としているからやっている。無法者の街にたどり着いたガンマンのように、ただそれだけなんじゃないのか。

ぽしゃった映画の台本で、今でも好きなセリフがある。大勢のヤクザに追い詰められた殺し屋のオバサンが、それでも的確に丁寧に撃ち殺しながら、こう言う。

「人のウンコの始末をしたこともないヤツに、負ける気はしないね」

理由なんかつけず、必要ならさっさとやってしまう。やっぱり、オバサンが一番かっこいいのである。

二〇一二年九月　光文社刊

光文社文庫

母《はは》親《おや》ウエスタン
著　者　原《はら》田《だ》ひ香《か》

2015年1月20日　初版1刷発行

発行者　鈴　木　広　和
印　刷　萩　原　印　刷
製　本　ナショナル製本

発行所　株式会社　光　文　社
〒112-8011　東京都文京区音羽1-16-6
電話（03）5395-8149　編　集　部
8116　書籍販売部
8125　業　務　部

ISBN978-4-334-76856-0　Printed in Japan

組版　萩原印刷

お願い　光文社文庫をお読みになって、いかがでございましたか。「読後の感想」を編集部あてに、ぜひお送りください。

　このほか光文社文庫では、どんな本をお読みになりましたか。これから、どういう本をご希望ですか。

　どの本も、誤植がないようつとめていますが、もしお気づきの点がございましたら、お教えください。ご職業、ご年齢などもお書きそえいただければ幸いです。当社の規定により本来の目的以外に使用せず、大切に扱わせていただきます。

光文社文庫編集部

◇◇◇◇◇◇◇◇◇◇◇光文社文庫　好評既刊◇◇◇◇◇◇◇◇◇◇◇

葡萄と郷愁　宮本輝
森のなかの海（上・下）　宮本輝
わかれの船　宮本輝編
三千枚の金貨（上・下）　宮本輝
ダメな女　村上龍
大絵画展　望月諒子
ZOKU　森博嗣
ZOKUDAM　森博嗣
ZOKURANGER　森博嗣
ありふれた魔法　盛田隆二
二人静　盛田隆二
身も心も　盛田隆二
十八面の骰子　森福都
美女と竹林　森見登美彦
奇想と微笑 太宰治傑作選　森見登美彦編
窓　森村誠一
新・新幹線殺人事件　森村誠一

雪の絶唱　森村誠一
空白の凶相　森村誠一
北アルプス山荘失踪事件　森村誠一
溯死水系　森村誠一
空洞の怨恨　森村誠一
鬼子母の末裔　森村誠一
二重死肉　森村誠一
エネミイ　森村誠一
復活の条件　森村誠一
マーダー・リング　森村誠一
夜行列車　森村誠一
サランヘヨ 北の祖国よ　森村誠一
魚葬　森村誠一
遠野物語　森山大道
ラガド 煉獄の教室　両角長彦
大尾行　両角長彦
ぶたぶた日記　矢崎存美